KB189772

새벽이 오기 전이 가장 어둡다

새벽이 오기 전이 가장 어둡다

고난을 깨달음으로 바꾸는 헤밍웨이 인생 수업

박소영 지음

1899	출생
1918	제1차 세계 대전 참전: 《무기여 잘 있거라(A Farewell to Arms)》 배경
1921	첫 번째 배우자 해들리 리처드슨과 결혼 특파원으로 프랑스 파리 생활 시작: 《태양은 다시 떠오른다(The Sun Also Rises)》 배경
1925	《우리들의 시대에(In Our Time)》 출간 스콧 피츠제럴드(Scott Fitzgerald) 및 맥스웰 퍼킨스(Maxwell Perkins)와의 만남
1926	《태양은 다시 떠오른다》 출간
1927	두 번째 배우자 폴린 파이퍼와 결혼
1928	미국 키웨스트 생활 시작
1929	《무기여 잘 있거라》 출간
1932	《오후의 죽음(Death in the Afternoon)》 출간
1935	《가진 자와 못 가진 자(To Have and Have Not)》 출간
1937	스페인 내전 참전: 《누구를 위하여 종은 울리나(For Whom the Bell Tolls)》 배경
1939	쿠바 생활 시작: 《노인과 바다(The Old Man and the Sea)》 배경
1940	《누구를 위하여 종은 울리나》 출간 세 번째 배우자 마사 겔혼과 결혼
1946	네 번째 배우자 메리 웰시와 결혼
1950	《강 건너 숲속으로(Across the River and into the Trees)》 출간
1952	《노인과 바다(The Old Man and the Sea)》 출간
1953	퓰리처상 픽션 부분 수상
1954	노벨 문학상 수상
1961	사망
1964	《파리는 날마다 축제(A Moveable Feast)》 출간
1986	《에덴의 동산(The Garden of Eden)》 출간

일러두기

1. 헤밍웨이의 출간 소설 제목은 한국어 번역판의 제목으로 표기하였다.
2. 모든 인용구는 저자가 번역하였다.

우리는 모두 다음에
무엇을 쓸지 알지 못한다

독일의 소설가인 장 파울은 이런 말을 했습니다.

"인생은 한 권의 책과 비슷하다."

여기에 이어지는 말은 이렇습니다. "바보들은 그것을 아무렇게나 넘기지만, 현명한 사람은 차분히 읽는다. 왜냐하면 그들은 이 책을 단 한 번밖에 읽지 못한다는 것을 알기 때문이다". 인생에 있어서 어느 누구도 숙련자일 수 없는 이유는 단 한 번밖에 살 수 없기 때문입니다. 우리 모두는 인생을 처음 겪는 초보니까요. 여러 번 연습할 수 없고 두 번 살 수도 없습니다.

어차피 달인이 될 일도 없으니 마음 편히 초보로 살아도 그만

일 텐데, 우리 모두는 이 초보 운전 딱지를 붙이고 달리는 인생에서 나름대로 고군분투합니다. 더 나은 삶을 위해, 또는 더 의미 있게 잘 살아 보기 위해서요.

모름지기 초보라면, 뭐든 직접 맞부딪쳐 경험하고 그것을 거름으로 삼아 성장하는 과정을 겪습니다. 하지만 단 한 번 사는 삶에 감수해야 할 위험이 너무 큰 것도 사실이지요. 다행히 우리에겐 앞서 살고 간 사람들이 남긴 기록이 있습니다. 그들도 우리처럼 처음 겪는 인생에서 실수를 하기도 했고, 어떤 때는 제법 훌륭하게 경영해 내기도 했습니다. 물론 사례 하나하나가 모두 정답은 아니지만, 참고서 정도는 충분히 될 수 있을 것입니다.

헤밍웨이는 문학사에서 독보적인 위치를 차지한 작가입니다. 놀라운 이야기꾼이었고, 이전에는 없던 문체를 개발해 퓰리처상과 노벨 문학상도 수상했습니다. 판매 부수 면에서도 기록적인 베스트셀러였고, 작품 대부분이 할리우드에서 영화화되었습니다. 또한, 당대에 잠시 사랑받았던 것이 아니라, 현재에도 시대를 관통하는 고전으로 추앙을 받고 있습니다.

누군가는 100여 년 전 사람인 헤밍웨이가 살던 시대와 지금 우리가 사는 시대는 다른 점이 많을 거라 생각할 수 있습니다.

그러나 인간의 감정은 예전이나 지금이나 같습니다. 기분이 좋으면 웃고, 화가 나면 분노합니다. 시대가 변한다고 인간에게 없던 새로운 감정이 생기지는 않거든요. 세계를 양분하는 이념도 크게 달라지지 않았고 건강, 가족, 일 사이에서 균형을 맞추며 잘 살아 보려고 애쓰는 인간의 기본 노력 역시 변하지 않았습니다.

헤밍웨이의 글은 인간의 기본적인 가치관과 지금도 변함없이 통용되는 감정들, 그리고 도덕성을 이야기합니다. 또한 모든 작품을 통틀어, 노력해서 살아 나가는 하루하루를 중요하게 언급합니다. 그의 소설 속에서 21세기를 살아가는 우리에게 딱 알맞은 인생 조언을 들을 수 있습니다.

《새벽이 오기 전이 가장 어둡다》에서는 헤밍웨이의 대표작인 《노인과 바다》, 《누구를 위하여 좋은 울리나》, 《무기여 잘 있거라》, 《태양은 다시 떠오른다》 등을 통해 인생의 가장 어두운 순간을 지날 때 떠올리면 도움이 되는 헤밍웨이의 조언을 담았습니다.

《노인과 바다》에서는 산티아고 노인과 청새치, 상어의 줄다리기 하는 모습을 통해 늘 준비하는 삶, 묵묵히 같은 일을 반복하는 것의 중요성, 할 수 있다는 마음가짐의 필요성 등을 이야기합니다.

《누구를 위하여 종은 울리나》에서는 70시간이라는 짧은 시간이 마치 70년처럼 느껴질 정도로 밀도 있는 장편으로 풀어내며 서사의 중요성, 즐겁게 사는 삶의 필요성, 인생의 진짜 가치에 대해 이야기합니다.

《무기여 잘 있거라》에서는 전쟁이라는 배경이 주는 극한 상황과 프레데릭과 캐서린이라는 두 젊은 연인의 사랑과 비극을 묘사하며 삶이 부서질 때 기억해야 할 것, 납득되지 않는 세상살이를 받아들이는 방법 등을 제시합니다.

《태양은 다시 떠오른다》를 통해서는 사소하고 평범한 평균의 삶에 대해 이야기합니다. 사소한 것들이 모였을 때 어떤 인생을 만들 수 있는지 보여 줌과 동시에, 자신에게서 도망치거나 회피하지 않는 일의 중요성도 강조합니다.

또한, 헤밍웨이의 편지, 단편, 연설 들의 내용을 통해 경험, 노력, 몰입의 가치들도 현대의 시각으로 재해석해 보았습니다.

우리 모두는 어느 한 구석이 부서져 있습니다. 하지만 그 깨진 틈이 있기에 빛이 새어 들어오는 것이죠. 무사하게 하루하루 건너가는 날들을 꿈꾸지만, 살아 있는 한 문제는 생기게 마련이고 이 세상에 완벽한 사람은 아무도 없습니다. 이런 나약한 부분을 인지해야 스스로를 보듬고, 응원하며, 빛을 발견하고, 희망을 찾을 수 있는 겁니다. "난 왜 나약하지?"라는 의문에만 빠질 것이 아니라 당연한 것으로 받아들이고 다음 단계로 나가기 위해 준비해야 합니다.

이제부터 헤밍웨이가 우리에게 하고 싶었던 말들을 좀 더 자세히 짚어 보겠습니다. 그때나 지금이나 변함없이 전쟁터 같은 세상에서 어떻게 두발 딛고 꿋꿋이 잘 서 있을 수 있는지, 노력해도 결과가 달라지지 않는 듯 보일 때 어떻게 나아갈 수 있는지, 분노가 가득해 보이는 세상에서 어떻게 나의 내면을 강인하게 지켜 낼 수 있는지 등 그가 풀어놓는 이야기들은 때로는 자극이 되고 또 때로는 숙연한 마음이 들기도 할 것입니다.

무엇보다 고통을 꾸준히 이겨 내고 또 이겨 내는 헤밍웨이의 소설 속 주인공들을 만나는 이 시간이 매일매일 거칠고 힘든 삶을 사는 모든 이에게 조용한 위로가 되길 바랍니다.

박소영

차례

1장
바다는 비에 젖지 않는다
《노인과 바다》

4장

달아난 그곳에
낙원은 없다
《태양은 다시 떠오른다》

5장

경험하고, 실패하고,
다시 일어서라
그리고 헤밍웨이의 말들

바다는
비에 젖지 않는다

노인과 바다

노인과 바다

The Old Man and the Sea

어니스트 헤밍웨이(Ernest Hemingway)는 수많은 베스트셀러를 쓴 문학사의 상징적인 존재이지만, 그의 소설 가운데 가장 위대한 작품은 역시 《노인과 바다》입니다. 이 작품은 헤밍웨이의 문학 인생을 대표하는 걸작이자, 혹시 헤밍웨이를 모르더라도 제목 정도는 누구나 들어 본 적이 있을 정도로 명성이 높습니다.

하지만 이 작품은 읽다 보면 평범하기 그지없고 건조하게 느껴집니다. 낚시에 관심이 없는 사람이라면 더더욱 무료하게 느낄 수도 있습니다. 더러는 왜 명작의 반열에 올랐는지 궁금하다는 사람도 있습니다.

소설이란 대개 등장인물이 갈등을 겪고, 위기에 몰리고, 그 상황들을 헤쳐 나가는 과정을 보며 주인공과 같은 다양한 감정을 똑같이 느끼는 과정입니다. 하지만 《노인과 바다》의 주인공은 오직 단 한 명, '산티아고'라는 노인뿐입니다. 소설 맨 앞부분과 맨 뒷부분에 '마놀린'이라는 소년이 등장하긴 하지만, 내용의 대부분을 노인 한 명이 이끌어 갑니다.

망망대해에서 배 한 척에 올라 타 표류하는 노인에게 도대체 무슨 갈등과 위기가 있겠습니까? 언뜻 떠오르지 않습니다. 사건이 정신없이 펼쳐지는 막장 드라마에 중독된 우리에게 이는 말도 안 되는 이야기입니다.

이 작품 속 노인은 드넓은 바다에서 외롭게 혼잣말을 하며 물고기를 낚습니다. 이것이 전부인 이야기입니다. 하지만 헤밍웨이는 당시 출판사에 자신감에 가득 차 '걸작을 썼다'라고 편지를 보냈습니다. 표지 역시 출판사에서 추천한 디자인 대신, 헤밍웨이 본인이 직접 당시 연인이었던 아드리아나 이반치치에게 디자인을 맡겼습니다. 작은 조각배 몇 척에 대비되는 바다의 넓고 푸르름을 강조한 청량하고 시원한 표지입니다.

헤밍웨이가 살아생전 마지막으로 쓴 소설이었던 이 작품은 '걸작'이라는 입소문에 힘입어, 1952년 9월 1일 잡지 《라이프》에 실린 지 단 이틀 만에 무려 530만 부 넘게 팔려 나갔습니다. 그뿐만이 아닙니다. 같은 해에 9개 국어로 번역되며 세계적인 베스트셀러에 등극하고, 다음해 퓰리처상을 시작으로 1954년에는 노벨 문학상까지 수상합니다. 이 노인의 여정을 제대로 이해한다면 누구나 인류 공통의 깊은 감동을 느끼게 되는 소설이라는 뜻입니다. 실제로 이 책이 출간된 이후 출판사와 헤밍웨이에게는 독자들의 감사 편지가 쏟아지기도 했습니다.

자, 그럼 무엇이 그토록 대중을 매혹했는지 산티아고 노인의 경이로운 여정에 함께해 보겠습니다.

늘 준비된
사람이 되어라

나는 줄을 정확하게 드리운단 말야. 그저 운이 없을 뿐이지.

하지만 누가 알겠어? 어쩌면 오늘은 다를지도.

매일이 새로운 날이지. 운이 있다면 좋겠지만,

난 우선 정확히 할 거야.

그러면 운이 찾아왔을 때 준비되어 있는 거지.

But, he thought, I keep them with precision.

Only I have no luck any more. But who knows? Maybe today.

Every day is a new day. It is better to be lucky.

But I would rather be exact. Then when luck comes you are ready.

위대한 소설의 첫 문장은 과연 어떻게 시작할까요? 소설에서 첫 문장은 그 소설 전체의 모든 분위기를 좌지우지할 만큼 중요합니다. 때문에 문학계에서는 소설 속 가장 인상적인 첫 문장을 뽑아 순위를 매기기도 합니다. 헤밍웨이의 《노인과 바다》의 첫 문장 역시 첫 문장계의 클래식이라고 일컬을 수 있을 만큼 상징적입니다.

"그 노인은 멕시코 만류에서 홀로 고기를 잡던 어부였는데,
84일간 물고기를 한 마리도 낚지 못하고 있었다."

보다시피 이 소설의 처음은 평생토록 어부로 살아온 산티아
고 노인이 84일간 물고기를 낚지 못했다는 간결하고 단단한 문
장으로 시작합니다. 이 첫 문장을 읽고서는 '뭐지? 그래서 어쩌
라는 거지?'라는 생각이 들 수도 있습니다.

《노인과 바다》에서 헤밍웨이는 문학 인생 30년간 수많은 소
설을 쓰며 닦아 온 실력을 유감없이 발휘합니다. 그의 작가로서
의 핵심 상징이라고 할 수 있는 '빙산 이론(Iceberg Theory)'이 첫
문장에서부터 두드러지게 나타나지요. 빙산 이론은 헤밍웨이가
자신의 논픽션 《오후의 죽음》에서 스스로 직접 명명한 방식입
니다.

"작가는 스스로 이미 잘 알고 있는 이야기에 대해서 표현을
과감히 생략할 수 있는데, 이 생략을 제대로 할 경우 독자는
작가가 표현한 것 이상으로 강하게 감동받을 수 있다. 빙산
에서 위엄을 느끼는 까닭은 수면에 드러난 부분이 전체 빙산
의 1/8밖에 되지 않기 때문이다. 전체를 다 보여 주면 위엄이
없다. 이야기의 적은 일부만 효과적으로 드러내면 글에 더욱

힘이 생긴다."

《오후의 죽음》

빙산 이론으로 쓰인 글은 실제로 그 무게와 강한 중력으로 독자를 붙잡습니다. 감정을 배제하고 사실만을 묘사한 《노인과 바다》는 빙산 이론이 가장 완벽하게 구현된 장편 소설이라 평가받습니다. 겉으로는 단순하기 그지없지만 내면은 무엇보다 극적이고 복잡한 것이 바로 헤밍웨이의 빙산 이론이고, 바로 이 소설 《노인과 바다》입니다.

노인이 평생 물고기를 낚아 왔다면 당연히 눈감고도 척척 대어를 낚을 만큼 베테랑일 겁니다. 그런데 무려 두 달하고도 반이나 되는 기간 동안 단 한 마리도 낚지 못한 것입니다.

헤밍웨이는 노인에 대해 빙산의 윗부분만 건조하게 말하고 있습니다. 다른 어떤 설명도 없고 형용사와 부사도 존재하지 않지요. 하지만 이 문장에서 빙산의 숨겨진 거대한 아랫부분, 즉 노인의 상심과 절망, 자기 의심, 초조함, 짜증 등의 다채로운 감정을 읽을 수 있습니다. 작가가 대놓고 쓰지 않았지만 저절로 알게 되는 것입니다.

묵묵하게 반복하는 일의 위대함

노인의 기분을 알 만합니다. 심지어 40일 전까지만 해도 함께 했던 소년 마놀린의 부모는 노인에겐 운이 없다면서 가까이 하지 말라는 말까지 할 정도였습니다. 주변 사람까지 떠나갈 정도의 불운이 84일간 계속되는 것입니다.

하지만 85일째에 접어드는 노인의 마음가짐이 놀랍습니다. 지난 84일간 허탕을 친 다음날이지만 그는 여전히 줄을 정확히 드리우면서 어느 날처럼 최선을 다합니다.

> "노인은 다른 누구보다도 낚싯줄을 곧게 드리웠는데, 그래야만 짙은 심해 속에서도 그가 원하는 깊이에서 그곳을 헤엄치는 어떤 물고기든지 정확히 기다릴 것이기 때문이었다. 다른 어부들은 줄을 해류에 내맡겨 버렸고, 때때로 줄을 180미터 깊이까지 드리웠다고 생각하지만 실제로는 100미터 깊이 밖에 안 되곤 했다."

다른 어부들은 일을 '정확히' 하지 않습니다. 제대로 하고 있다고 생각했지만 착각일 뿐, 실제로는 그렇지 않았지요. 하지만 노인은 달랐습니다. 매일매일 누구보다도 정확히 했던 것입니다. 산티아고 노인은 본인이 제어할 수 없는 것에는 마음을 쓰지 않습니다. 물고기가 배 근처로 올지 안 올지, 낚을 수 있는 행운이 있을지 없을지는 산티아고 노인에게 중요하지 않습니다. 그에게 중요한 것은 늘 하던 대로 누구보다 일을 제대로 하는 것, 줄을 정확히 드리우는 것이지요.

세상이 나를 인정하지 않는 것처럼 보일 때, 이토록 노력하는 나에게 아무런 결과도 보여 주지 않는 것처럼 보일 때, 모든 걸 원망하고 싶을 때, 주변에서 "넌 운이 없어"라는 말을 할 때 실망하거나 절망할 수 있습니다. 하지만 산티아고 노인처럼 그저 묵묵히 하던 일을 정확하게 계속하는 것이 인생에서 중요한 부분일지 모릅니다.

얼마 전 세계 제일의 투자자 워런 버핏은 엔터프라이즈 렌터카의 창업 스토리를 얘기했습니다. 차 세일즈 매니저였던 잭 테일러가 어떻게 단 일곱 대의 차량으로 시작해서 훗날 엔터프라이즈라는 거대한 렌터카 기업을 세울 수 있었는가 하는 사연입니다.

테일러 역시 사업을 시작하며 하나만을 신경 썼습니다. 바로 스스로 제어할 수 있는 것만을 제어한다는 거였죠. 본인이 제어할 수 없는 차량 구입 가격 같은 것들은 전혀 신경 쓰지 않았습니다. 그는 자신이 제어 가능한 고객 경험에만 집중했습니다.

다시 말해, 본인의 노력으로 바꿀 수 있는 부분만 신경을 쓴 것입니다. 실제로 엔터프라이즈 렌터카는 고객만족도가 가장 높은 회사로 일곱 번이나 이름을 올리게 됩니다.

우리는 가끔 우리가 어떻게 할 수 없는 것들까지 전부다 신경쓰며 골치가 아프다고 말하고, 왜 상황이 나아지지 않느냐고 불평합니다. 하지만 삶을 사는 데 있어 선택과 집중은 중요합니다. 내가 제어할 수 있는 부분만을 선택하는 것이 가장 중요하죠. 물론 그 선택한 일을 꾸준히 하는 것이 핵심입니다.

스스로 제어할 수 있는 것에 집중하기

치열하게 목표를 향해 살아가다 보면 가끔 스스로가 모든 걸 망친 것 같고 실망스러운 상황에 모든 마음이 바닥을 칠 때가 있습니다. 어디서부터 잘못된 것인지 모르겠고, 남들은 다 성공한 것 같은데 자신만 매일매일 아무 성과 없이 보내는 것처럼 느껴지고, 노력은 대체 언제 빛을 발하는 것인지 막막하기만 할 때도 있지요. 운이라는 건 대체 언제 찾아오는 것일까 생각하며 낙담하기도 합니다.

이때 우리에게 필요한 것은 모든 것을 너무 잘하려 하는 것보다 '이제껏 하던 것을 하던 그대로 하면 된다'라는 마음가짐입니다. 포기하지 않고 착실하게 기본을 하고, 눈앞에 닥친 할 일에 집중하는 것이죠.

세계적인 테니스 선수였던 안드레 애거시 역시 "상대 선수가 공을 어떻게 어디로 넘길지는 예측할 수 없는 일이고, 그저 날아오는 공을 칠 수 있는지 없는지는 운에 맡겨야 합니다"라고 말했습니다. 대신 본인이 해야 할 일은 이 운에 매달리는 게 아니라 스스로 제어할 수 있는 일, 예를 들어 전력을 다해 날아오는 공을 향해 뛰고 그 공을 받아내는 일에 집중하는 것이라는 거죠.

시선을 장기적으로 가져가면 미래는 희뿌옇게 보일 뿐이고, 때로는 그 사실에 압도되어 버립니다. 언제 취직이 될지, 언제 대출금을 다 갚을지 생각하면 한숨만 나옵니다. 이럴 때는 그냥 눈앞의 순간만 생각하는 것이 도움이 됩니다. 그리고 나머지는 운이 자기 역할을 하도록 내버려 두세요. "내가 스스로 제어할 수 있는 것에 집중하자." 이는 뚜렷한 목적을 가지고 인생을 달려가는 모든 이에게 적용되는 말입니다.

나만의 결과물은
반드시 어딘가에 있다

내 큰 물고기는 반드시 어딘가 있어.

My big fish must be somewhere.

줄을 정확히 드리우는 산티아고 노인처럼 매일매일 노력하고
맡은 바를 충실히 하며 살다 보면 가끔 이러한 의문과 자기 의
심이 듭니다. 무얼 위해서 이토록 치열하게 노력하는지, 목표를
이룰 수는 있는 것인지, 원하는 그날이 오기는 하는 건지 하는
것들이죠.

누구의 인생에나 터널이 찾아옵니다. 터널 저 멀리에 빛이 보
인다면 너무나 다행이지만, 대부분은 빛이 보이지 않고 터널이

언제 끝날지도 모호합니다. 많은 사람이 이 터널 속에서 길을 잃습니다. 포기하고 내려 둡니다. 내려놓는 미학을 찾아야 한다고 자기변명을 하면서 말이죠.

오늘날 위대한 화가로 평가받는 빈센트 반 고흐는 늘 지금까지와는 다른, 존재하지 않던 그림을 그리겠다고 말했습니다. 그러나 당시의 유행과는 다른 폭발적인 색채의 사용과 빠르고 거친 붓칠 때문에 외면당합니다. 산티아고 노인의 말에 비추어 보면, 고흐가 그리길 바랐던 지금까지와는 다른 그림이 바로 고흐의 '큰 물고기'가 됩니다.

살아생전에는 단 한 점의 그림밖에 팔지 못한 불운한 화가였지만, 고흐의 큰 물고기는 결국 찾아왔습니다. 그가 삶을 끝낸 뒤였다는 것이 우리의 눈물샘을 자극하지만 말입니다. 고흐의 큰 물고기, 그러니까 그의 그림들은 100년이 넘도록 전 세계에서 가장 사랑받는 그림의 하나가 됩니다.

84일간 실패해도 85일째를 기대하는 마음

《노인과 바다》의 산티아고 노인은 포기하지 않았고 내려놓지 않았습니다. 오랜 기간 물고기를 낚지 못했지만 자신만의 큰 물고기가 반드시 있을 거라 생각했습니다. 이 소설 초반을 보면 84일간 물고기를 못 낚은 상태인 노인은 소년 마놀린과 대화하며 85일째의 행운을 기대합니다.

산티아고 노인에게 매일매일은 새로운 날입니다. 마놀린은 주인 마틴에게 받은 밥과 바나나 튀김을 노인에게 주는데, 이때 노인은 마틴에게 고마워하며 "큰 물고기를 잡으면 뱃살을 갖다 줘야겠다"라고 얘기합니다. 마음속에서 이미 큰 물고기를 잡는 것을 기정사실화하고 있는 겁니다.

노인이 최고라고 믿는 마놀린은 충직한 부하입니다. 대화를 살펴보면, 노인은 자신이 마놀린의 말처럼 최고는 아니란 걸 입증할 만큼 큰 물고기가 나타날까 봐 오히려 걱정을 하고 있습니다. 어제까지 84일째 아무것도 낚지 못한 사람이 너무 큰 물고기를 낚을까 봐 미리 걱정하고 있는 것입니다.

> "일주일 동안 심해 우물에서 잡아봤지만 아무 것도 못 낚았지, 하고 노인은 생각했다. 오늘은 삼치랑 날개다랑어 떼가 있는 곳에서 잡아봐야겠어. 혹시 그 놈들 사이에 큰 물고기가 있을지도 몰라."

노인은 터널에 갇히지 않고 자신이 할 수 있는 노력을 다합니다. 희망을 버리지 않습니다. 물고기를 낚을 장소를 계속 바꿔보는 것이 그 증거입니다. 하나의 시도가 통하지 않았다면 두 번째의 시도, 그리고 또 계속해서 다른 시도를 해 보는 것이죠.

이어서 노인은 날치를 쫓아가는 만새기 떼를 발견합니다. 날치를 사냥하는 새도 발견하고요. 상황을 면밀히 관찰합니다. 그리고는 근처에 큰 물고기가 있지 않을까 희망을 품고 다가갑니다. 이토록 끊임없는 노력에 놀라운 집중력이 더해집니다.

"지금은 야구를 생각할 틈이 없어. 지금은 오직 하나만 생각해야 해. 내 천직 말이야."

대단한 집념의 노인입니다. 매일 해 왔던 일을 마치 처음 하듯이 집중하는 것이 읽는 이에게 큰 감동을 줍니다. 그저 어딘가에 내 큰 물고기가 있을 거라며 손 놓고 기다리지만은 않는다는 것이죠.

확실하게 목표를 이루기 위해 필요한 태도

노인의 놀라운 집중력은 계속해서 이어집니다.

"내내 생각하란 말야. 지금 하고 있는 일만 생각하라고. 어리석은 짓을 해서는 안 돼."

할 수 있는 모든 노력에, 평생을 이어온 일의 정확함, 여기에 집중력이 더해지는데 목표가 이루어지지 않으면 그게 더 이상할 것입니다. 노인은 물고기가 마침내 미끼를 물고 자신이 내린 줄을 당기는 힘이 느껴졌을 때, 기뻐하면서 이 물고기가 굉장한 놈이란 것을 단숨에 알아챕니다. 이곳은 먼 바다인데다 계절상으로도 큰 물고기인 것을 직감한 것이지요.

큰 물고기라는 확실한 목표를 만나고도 노인의 현실 감각은 냉철하게 존재합니다. 물고기는 미끼를 건드리지만 확 물지 않습니다. 노인은 애가 타지만 미끼를 삼키기를 바라는 그 간절한 바람을 입 밖에 소리 내지 않습니다. 좋은 일을 미리 입 밖에 꺼냈다가는 한순간에 날아가 버릴 수도 있다는 걸 잘 알고 있기 때문이었죠.

이 망망대해에 노인의 말을 들을 존재는 아무도 없습니다. 기껏해야 지나가는 바람만이 노인의 말을 들을 수 있겠죠. 하지만 노인은 조심스럽게 큰 물고기, 즉 목표를 향해 접근하는 태도를 보입니다. 무려 85일 만에 찾아온 이 큰 행운을 놓칠까 봐 두려웠던 겁니다.

우리는 주변에서 자신에게 다가온 기회를 허튼 자만심으로 날려 버리는 사람을 많이 봅니다. 목표가 눈앞에 왔다는 흥분 때문에 일을 그르치는 사람도 많지요. 드디어 큰 물고기를 만났다는 설렘을 내려놓고 차분히 자신의 말을 아끼는 부분에서 노인이 아주 노련한 낚시 베테랑인 점도 유추해 볼 수 있습니다.

모든 사람의 마음속에는 큰 물고기가 하나씩 있습니다. 그 물고기가 언제 나타날지 아는 사람은 아무도 없습니다. 신도 알지 못하죠. 그리고 그 물고기가 나타나지 않는 기간은 인내심이 바닥을 드러내고도 더 한참 뒤일 수도 있습니다.

나만의 큰 물고기가 보이지 않을 때 기억할 것은, 언젠가 분명히 어느 시점에 큰 물고기가 나타날 것이라는 자기 확신입니다. 그때까지 우리가 할 일은 나를 믿고, 그 믿음을 다시 또 한 번 믿는 것입니다.

강한 자기 확신 끝에 물고기가 나타났다면 그때는 조심스럽게 다가가야 합니다. 신은 가장 미워하는 사람에게 작은 성공을 먼저 준다고 하죠. 작은 성공에 취해 거만하게 모든 것을 그르치도록 하는 것입니다. 항상 언제나 겸손하게 다가가는 태도를 잃지 마세요. 그리고 노력해 온 보상을 얻으시기를 바랍니다.

꿋꿋하게 버텨 낼 때
인생에 남는 것

푹 쉬어 작은 새야, 노인은 말했다.
그리고 돌아가서 사람, 새, 물고기가 그렇듯이
꿋꿋이 도전하며 살거라.

Take a good rest, small bird, he said.
Then go in and take your chance like any man or bird or fish.

헤밍웨이는 큰 물고기와 노인의 치열한 사투를 보며 심장이 조마조마한 독자의 감정이 조금 느슨해지도록 하는 장치를 군데군데 마련했습니다. 바로 산티아고 노인이 자연을 바라보는 따스하고 순수한 시선을 넣은 것입니다.

이 소설 전체에서 헤밍웨이는 노인의 우스울 만큼 순박한 모습을 조명합니다. 바다 한가운데 나와 있는 노인이 마주하는 것들이라고는 바람, 물고기들과 새 뿐입니다. 이 소설은 노인이라는 주인공 외에는 소소한 '자연'이라는 조연들로 구성된 것입니다. 이 소설이 단순한 베스트셀러를 넘어선 노벨 문학상 수상작이며 시대를 거듭해 고전의 반열에까지 오른 것을 생각하면 이 등장인물들의 소박함은 다시 한번 대단하게 느껴집니다.

물고기를 기다리는 심심하면서도 긴장되는 시간에 노인은 해파리를 보게 됩니다. 그리고 과거에 해파리에 쏘였을 때의 아픔을 떠올리면서 해파리를 향해 순진한 증오를 내뿜습니다. 반면에 해파리를 먹어 치우는 바다거북은 좋아하는 순박한 모습을 보입니다.

바다에서 살아가는 이런저런 녀석들을 보며 혼잣말을 하던 노인은 드디어 큰 물고기를 만나지만, 생각보다 거대한 청새치는 순순히 넘어오지 않습니다. 대치가 점점 길어지고 언제 끝날지도 알 수 없는 상황, 이 물고기를 잡을 수 있을지 없을지도 알 수 없는 모든 것이 모호한 순간에 작은 휘파람새 한 마리가 날아옵니다. 노인은 새에게 말을 겁니다.

"몇 살이니? 너의 첫 여행이니?"

"푹 쉬어 작은 새야. 그리고 돌아가서 사람, 새, 물고기가 그렇듯이 꿋꿋이 도전하며 살거라."

"금방 가버렸네. 하지만 해안에 도착하기까지 너의 갈 길은 더 험하단다."

새는 주변이 오직 바다뿐인 노인의 황량한 우주에서 친구가
되어 주는 듯합니다. 반가운 친구를 만난 듯이 처음 바다에 나
왔냐며 나이와 안부를 묻는 대사부터, 인생 선배로서 새에게 연
민을 지니고 있는 노인의 모습이 귀엽고 따듯하게 느껴집니다.
노인은 배려 깊게도 작은 새에게 인생이 험하다는 것을 알려주
면서도 꿋꿋이 도전하며 살라는 조언을 잊지 않습니다. 마치 헤
밍웨이가 직접 다음 세대에게 하는 조언 같습니다.

헤밍웨이가 한 단어 한 단어 세심하게 꾹꾹 눌러 담은 이런
대사 속에서 고전의 위대함을 느낄 수 있습니다. 고전은 몇 백
년 또는 몇 천 년의 시간을 견디고 지금껏 인정받고 있는 존재
들입니다. 한 번 읽고 버리는 것이 아니라, 사람이 나이 들어가
며 청춘에도 읽고 노년에도 읽는 것입니다. 그런 일이 어떻게
가능할까요? 바로 그때도 공감이 되고 지금도 공감이 되기 때문
입니다.

인간이 살아가는 모습은 큰 변화가 있기도 하지만 또 몇 천
년간 큰 변화가 없기도 합니다. 아이러니하지요. 우린 예나 지
금이나 여전히 매일 밥을 먹으며 살아가고, 자식을 향한 부모의
사랑과 헌신도 그때나 지금이나 같으며, 인류 모두가 어느 시대

에 살았든 비슷한 감정, 즉 기쁨과 슬픔, 외로움을 느낍니다. 노인이 새에게 말했듯 인생은 거칠고 험하지만, 또 묵묵히 꿋꿋이 도전해야 하는 것 역시 변함없습니다. 그래서 노인이 하는 말은 시끄럽고 혼잡한 지금 이 시대에 그 무엇보다 유효한 조언이 됩니다.

바다 한가운데 내리쬐는 햇살에 눈이 따갑고, 배는 고프고, 도와줄 이조차 없는 치열하고 고독한 싸움 속에서도 지나가는 새를 자신의 말동무로 만드는 노인의 지혜와 여유가 인상 깊습니다. 노인의 모습을 보면서 일상이 전쟁처럼 흘러가는 순간에 주위를 돌아보며 시선을 돌릴 여유가 얼마나 중요한지 다시 한 번 더 생각해 보게 됩니다.

모든 일은 잘게 나누어라

새에게 했던 말은 헤밍웨이 본인의 이야기이기도 합니다. 헤밍웨이는 매일 500단어를 쓴 것으로 유명합니다. 하지만 《노인과 바다》를 쓸 때는 글이 빠른 속도로 써지는 바람에 하루에 1,000단어씩 평소 속도의 두 배로 일했다고 합니다.

이 길지 않은 중편 《노인과 바다》은 겨우 6주 만에 썼다고 알려졌는데, 한 달 반 만에 그냥 베스트셀러도 아닌 무려 노벨 문학상 소설을 써 냈다는 걸 생각해 보면 헤밍웨이의 저력이 다시금 실감납니다. 물론 실제로는 한 달 반이 아닌 30년 넘게 소설을 쓴 내공이 켜켜이 쌓여 이루어진 것이지만요.

미국 남부 키웨스트의 '헤밍웨이 홈 뮤지엄'에 가면 그의 작업실을 볼 수 있습니다. 그는 새벽 일찍 일어나 공무원처럼 작업실로 출근했는데, 헤밍웨이는 이곳에서 보통 새벽 5시 반부터 집필을 시작했습니다. 의자에 앉지 않고 일어선 채 타자기로 글을 쓴 것은 유명한 일화입니다.

오전에 500단어를 쓰고 나면 미련 없이 작업실을 떠났습니다. 오후에도 원고를 붙잡고 있지 않았습니다. 바로 다음 날의 컨디션을 위해서였죠. 헤밍웨이는 자신의 글 쓰는 영감의 원천을 주스(juice)라고 표현했는데, 이 주스가 바닥나지 않도록 적당한 때 원고를 끊어야 한다고 말했습니다.

보통은 글이 술술 써지면 욕심이 나고, 이렇게 잘 써질 때 더 써 두어야겠다고 생각할 법도 합니다. 그러나 헤밍웨이는 그러지 않았습니다. 내일도 꿋꿋이 노력할 자신을 알았기에 스스로를 믿고 적당한 때에 그만두었습니다. 일에 압도되어 지치도록 내버려 두지 않은 겁니다. 매일매일 똑같은 페이스를 유지해야 하니까요.

묵묵히 꿋꿋이 나아가는 것은 얼핏 어려워 보이지만, 반대로 너무 쉽기도 합니다. 몰아서 해야 하는 압박감 없이 자신의 미래를 알알이 저축해 두는 것과 같은 일이죠.

과거에 영광에 기대지 마라

묵묵하고 꿋꿋이 해 나가는 것은 쉽지 않습니다. 그러다 보면 자연스럽게 매너리즘에 빠지는 문제도 생기고 말이죠. 하지만 노인은 매일을 새로운 날로 받아들였습니다. 우리는 어제도 한 일이고, 그제도, 그리고 그 이전에도 매일 해 온 똑같은 일에 노인처럼 투지를 불태울 수 있을까요?

큰 물고기를 반드시 잡아서 육지로 가져가고 말겠다는 노인의 투지는 과거에 이미 수천 번이나 낚시를 했다는 사실과는 놀랍게도 아무런 상관도 없습니다. 과거의 영광, 과거에 이룬 결과물, 과거에 낚았던 큰 물고기는 지금 이 새로운 85일째의 낚시 앞에서 아무런 상관이 없는 0에 가깝다는 것이 언뜻 이해가 안 가기도 합니다. 그러나 노인은 청새치와 대치하고 있는 순간에 결코 과거의 영광을 생각하지 않습니다.

노인의 이런 면면은 헤밍웨이의 캐릭터와도 연관이 있습니다. 이 소설을 쓰던 당시 헤밍웨이는 이미 《태양은 다시 떠오른다》, 《무기여 잘 있거라》, 《누구를 위하여 좋은 울리나》라는 세계적 베스트셀러의 작가였습니다. 그럼에도 그의 작품은 롤러코스터처럼 부침이 있었고, 베스트셀러 사이사이에는 긴 공백이 있었으며, 심지어 《노인과 바다》 직전에 집필한 《강 건너 숲 속으로》는 평론가들에게 심한 혹평을 받았습니다, 헤밍웨이의 시대는 이미 저물었다는 말까지 들었을 정도였습니다.

평생 고기잡이를 해 온 노인이 84일간 아무런 고기도 낚지 못한 것은 바로 헤밍웨이의 상황이었습니다. 평생 소설을 썼음에도 10년만의 신작은 평론가들에 의해 내동댕이쳐졌고, 아무런 소득이 없었던 것입니다. 아무리 많은 베스트셀러를 냈더라도 새로운 소설은 다시 새로운 현재일 뿐이었습니다. 매 순간 매번 증명해야 하는 일이었죠.

이는 큰 시사점을 지닙니다. 헤밍웨이가 아무리 베스트셀러를 썼더라도 다음 소설 출간 때 좋은 작품이라는 평가를 공짜로 내어 주지는 않는 겁니다. 다시 0부터 시작이지요. 그렇기에 우리는 산티아고 노인처럼 과거의 영광에 연연하지 않고 인생의 매 순간 최선을 다해야 하는 것입니다.

세계의 많은 사업가, 예술가, 스포츠 스타, 가수, 배우에 이르기까지 그들의 일생을 들여다보면 자신의 모든 것을 걸고 헌신하면서 쉬지 않고 노력한 결과로 오늘날이 있다는 사실을 알 수 있습니다. 이는 열심히 살아가는 모두에게 위안이 되는 사실일 겁니다.

지금까지 10만큼, 50만큼, 아니 심지어 3,000만큼 노력했더라도, 며칠 쉬면 3,000에서 스톱해서 남는 것이 아니라 0을 곱한 것 같은 결과가 생깁니다. 완전히 사라져 버리는 겁니다. 그러다 보면 지칠 때도 많습니다. 그러나 나 혼자만 그런 게 아니라 다른 모든 훌륭한 사람도 다 그렇다는 것에 또 한걸음을 더 딛을 용기를 얻게 됩니다. 이처럼 우리는 인생의 모든 1분 1초를 최선을 다해서 살아가야 합니다. 더없이 꿋꿋하고, 누구보다 묵묵히 말이죠.

"나는 할 수 있다"라는
혼잣말에 담긴 힘

놈은 자기 상대가 한 명 뿐인 걸,
게다가 그 사람이 늙은이라는 걸 모르겠지.

He cannot know that it is only one man against him,
nor that it is an old man.

심리 이론 가운데 '가면 증후군(impostor syndrome)'이라는 것이 있습니다. 가면 증후군은 실제 자신의 실력보다 과대평가되었고, 모든 성공이 운 덕분이었으며, 이 때문에 주변인에게 사기꾼이 된 듯한 불안감을 느끼는 심리 법칙입니다. 이 증후군은 몇몇 특별한 사람에게 나타나는 것이 아니라 전 세계 대기업 근로자 및 지식 근로자의 무려 62퍼센트 정도가 경험한다고 알려졌습니다.

《노인과 바다》 속 노인의 독백은 이런 사람들에게 위로가 될 수 있습니다. 산티아고 노인은 헤밍웨이의 페르소나(가면을 쓴 인격이라는 뜻으로, 여기서는 작가의 분신)이고, 독백은 헤밍웨이의 내면을 반영한 것이기 때문입니다. 미국의 문학사를 바꾸고 지금껏 없던 문체를 발명해 소설계 혁신을 이룬 최고의 작가 역시 이러한 가면 증후군에 시달렸을지도 모른다고 생각하면 성공이 삶의 모든 것을 좌우하지는 않는다는 걸 실감할 수 있습니다.

혼잣말이 가장 강력한 힘을 지닌 이유

《노인과 바다》에서 85일째에 노인은 결국 청새치를 잡게 됩니다. 청새치는 미끼를 물었고 도망갈 수 없는 신세가 되었습니다. 하지만 노인이 바랐던 것보다 훨씬 큰 청새치는 혼자 힘만으로는 낚을 수 없습니다. 노인은 그저 낚싯줄을 계속해서 붙들고 청새치가 지쳐 죽기만을 기다리는 수밖에 없죠.

청새치를 붙든 채 하룻밤이 지나고 정오가 가까워 옵니다. 정말이지 꼬박 1박 2일을 잠도 자지 못 하고 물고기와 계속해서 대치하면서 고군분투한 겁니다. 어느 순간 이 물고기는 펄쩍 뛰어올랐고, 노인은 그제야 물고기가 얼마나 큰지 알게 됩니다.

타고 있던 배보다도 무려 60센티미터나 더 긴 아주 큰 물고기였던 겁니다.

무려 84일간 운 없이 물고기 한 마리도 낚지 못했던 노인에게 드디어 큰 기회가 왔습니다. 그런데 여기서 노인은 가면 증후군과 같은 경험을 합니다. '운 없던 나에게 이렇게 대단한 기회가 오다니?' 하고 말이죠. 그리고 내가 부족한 어부(존재)임을 물고기가 눈치챌까 봐 전전긍긍합니다. 하지만 무조건 이 물고기를 잡아야만 합니다. 놓칠 수 없는 기회입니다. 노인은 이렇게 독백하죠.

> "놈에게 내가 어떤 사람인지 보여 줄 수 있다면 좋겠어. 하지만 그랬다간 쥐 난 손을 들키겠지. 놈이 진짜 나를 더 큰 존재라고 생각하게 내버려 두자. 아니, 난 그렇게 되고 말겠어."

노인은 벌써 이미 하루 넘게 낚싯줄을 잡고 있어서 손에 쥐가 난 상태입니다. 물고기에게 자신이 늙은 한 명의 노인이고, 자신이 쥐 난 것을 들킨다면 자신이 약한 존재인 것이 드러나는 순간인거죠. 물고기가 자기 힘이 노인과 비교도 할 수 없을 정도로 세고, 자신의 잠재력을 드러내면 얼마나 대단할지 절대로 알게 하지 않으려 안간힘을 씁니다. 실제로 뒤에 노인의 독백은 이렇게 이어집니다.

"내가 저 물고기라면 좋겠네. 놈의 모든 것에 맞서고 있는 거
라곤 내 의지와 머리밖에 없으니 말이야."

노인의 실제 모습은 전혀 강하지 않고, 물고기와 처절하게 싸
우느라 잠도 자지 못하고 있습니다. 갖춘 능력이라고는 의지와
머리뿐이죠. 이 밑천을 들킨다면 물고기와의 싸움에서 패배할
확률이 높아집니다. 여기서 노인은 물고기에게 자신이 강한 적
이라고 인지시키기 위해서 오히려 자신을 보여 주지 않고 물고
기가 자신을 큰 존재로 생각하도록 내버려 둡니다. 그러자 신기
하게도 잠시 뒤 노인의 왼손에 쥐가 풀립니다.

노인은 "이 물고기를 잡을 수만 있다면 주기도문과 성모송을
열 번이라도 외겠다"라거나 "코브레 성당의 성모 마리아님을 보
러 순례를 꼭 떠나겠다"라고 약속하는데, 너무나 순진하면서도
현실적인 모습이어서 웃음이 나올 만한 장면입니다. 이 물고기
는 노인에게 이토록 간절한 목표인 것입니다.

이어서 노인은 물고기에게 허풍까지 떨어 봅니다. 큰소리로
물고기를 부르며 자신은 이토록 쌩쌩하고, 왼손에도 쥐가 풀렸
으며, 내일 낮까지 먹을 것도 있다며 떵떵거리기 시작합니다.

하지만 실제로는 전혀 쌩쌩하지 않았습니다. 등을 짓누르는 낚싯줄의 고통은 그때 이미 통증의 정도를 넘어서 무감각한 상태에 이르렀던 겁니다. 노인은 스스로 알고 있었습니다. 자신의 상태가 심상치 않다는 조짐이라는 것을요. 그럼에도 물고기 앞에서는 누구보다 강한 척하며 큰 소리를 치고 있는 겁니다.

"하지만 예전엔 더 심한 일들도 겪었었는데 뭘. 한 손은 약간 베였을 뿐이고 다른 한 손에 났던 쥐는 다 풀렸어. 다리도 멀쩡해. 게다가 영양 상태는 저놈보다 우위에 있어."

이전엔 더 힘든 일도 있었기 때문에 이쯤은 괜찮다는 만트라 (mantra, 스스로에게 힘이 되도록 반복해 하는 말)를 계속 외고 있습니다. 노인은 알고 있는 겁니다. 혼잣말이라도 그 무엇보다 큰 효과가 있다는 것을요.

혼잣말은 무의식에 가장 강력하게 작용합니다. 낯선 목소리가 아닌 평생 들어온 자기 자신의 목소리만큼 중독성이 강하고 아무 저항 없이 받아들여지는 목소리가 있을까요? 혼잣말은 무의식 속을 마치 고속도로처럼 막힘없이 달려 도달합니다. 자기 자신을 극한 상황에서도 구하고 인생을 바꿀 수도 있을 만큼 강력한 힘을 지닌 것이 혼잣말인 것입니다.

혼잣말은 이토록 커다란 힘이 지녔기에 절대로 나쁜 이야기를 해서는 안 됩니다. 심리학자 가이 윈치는 한 강연에서 이런 예시를 들었습니다. 한 여자가 괴로운 상처를 겨우 극복하고 새로운 소개팅에 나갔다가 상대방의 시큰둥한 반응에 상처를 받았습니다. 그런데 이 일을 절친한 친구에게 말했더니 돌아온 답변이 가관입니다. "그 남자가 널 맘에 안 들어 하는 건 너무 당연하지 않아? 생각해 봐. 너같이 매력 없고 안 예쁜 애를 누가 마음에 들어 하겠어?"

너무나 충격입니다. 이런 말을 하다니 정말 친구 맞나요? 당장 절교를 선언해도 될 만합니다. 하지만 불행 중 다행인 것은 진짜 친구의 말이 아닌 그 사람의 혼잣말이었다는 것입니다. 우리는 친구에게 이런 말을 들으면 큰 충격을 받습니다. 그러나 자신에게 스스로 이런 잔인한 혼잣말을 한다는 것입니다.

스스로에게 유독 가혹한 사람들이 있습니다. 자신에게 채찍질하며 매몰찬 혼잣말을 하는 습관이 있다면 산티아고 노인의 태도를 더욱 눈여겨볼 필요가 있습니다. 혼잣말은 때로는 가장 중요한 멘탈의 방어막이 되고, 지칠 때도 나아갈 수 있게 하는 추진력이 될 수 있기 때문입니다.

때론 실제보다 크게 보도록 내버려 두어라

현대는 끊임없는, 그리고 너무도 치열한 경쟁의 연속입니다. 하지만 우리 모두는 헤밍웨이가 말했듯이 인간이기에 완벽할 수 없고, 어느 한 부분은 부서져 있는 존재들입니다.

그런 허점들로 인해 어떨 때는 인간미가 느껴지기도 하는 것이지만, 세상 누구나 자신의 약점을 상대방이 아는 것을 좋아할 리 없습니다. 다시 말해, 인간미라는 단어 자체가 불완전하다는 뜻입니다. 우리는 보통 완벽한 사람에게 '인간미가 없다'라고 말합니다. 인간이라고 하는 존재가 이미 절대 완벽할 수 없다고 전제된 말입니다.

우리 모두는 완벽주의자라는 존재에 환상이 있습니다. 이 때문에 심리학 분야에서 가면 증후군을 비롯해서 여러 증후군을 다루고 있기도 하고요. 완벽주의를 강요하는 사회 속에서 무기력과 우울증을 앓는 이들도 늘어나고 있습니다.

완벽주의를 향한 동경은 역사 속에서도 증명이 됩니다. 인간은 인간을 불완전한 존재로 기정사실화한 뒤 완전한 존재인 '신'을 동경해 왔습니다. 신을 향한 끊임없는 애정이 중세부터 최근에 이르기까지 그림과 문학 등 모든 예술 속에 등장하는 것을 보면 알 수 있습니다.

하지만 이는 인간에게 국한된 것은 아닙니다. 이 세상 모든 생물체가 자신이 더 크고 더 강한 존재처럼 보이고자 노력하는 것은 몇십만 년간 이어져 온 자연스런 생존 전략입니다.

물론 고양이가 호랑이인 척한다고 해서 호랑이가 되지는 않습니다. 하지만 자신의 목표를 위해서 노력해 달려가면서 상대방에게 약점을 굳이 보일 필요는 없겠지요. 여러분의 중요한 순간에는 산티아고 노인이 했던 말을 다시 한번 기억하고 되뇌어봅시다.

"Let him think I am more man than I am and I will be so(진짜 나보다 더 큰 존재로 생각하게 내버려 두자. 아니, 난 그렇게 되고 말겠어)."

공정하고 선량하게
자신만의 싸움을 해 나가라

난 생각처럼 강하지 않을지도 몰라.
하지만 난 요령을 많이 알고 있는데다 결단력도 있어.

I may not be as strong as I think,
but I know many tricks and I have resolution.

아무런 등장인물 없는 그 망망대해에서 노인이 하는 혼잣말들을 읽다 보면 노인의 독백이 이 작품에서 얼마나 중요한지, 헤밍웨이가 얼마나 의도적으로 독백들을 넣었는지 생각해 보게 됩니다.

"그 애가 있었으면…"

산티아고 노인의 대사에서 가장 많은 횟수가 나오는 것이 바로 "그 애가 있으면 좋을 텐데"라는 대사입니다. 주위에 아무도 없는 드넓은 바다 한가운데서 혼자 커다란 청새치와 사투를 벌이는 노인이 꼬마 마놀린을 절실히 찾는 독백이지요. 소설 전체에서 이 대사가 몇 번이나 나오는지 세어 보면 무려 10번이나 됩니다. 헤밍웨이처럼 한 문장 한 문장을 치열한 진정성으로 써 내려가는 작가가 똑같은 문장을 여러 번 넣은 데는 분명 이유가 있을 것입니다.

마놀린은 노인에게 아주 충실한 부하 직원과도 같은 존재입니다. 아내도 없이 홀로 살아가는 노인의 유일한 위안이자, 유일한 인간관계이며, 유일하게 노인을 챙겨 주는 가족과도 같은 존재지요. 외로운 바다에서 사투를 벌이는 노인에게 자신을 믿고 사랑해 주는 마놀린의 존재가 얼마나 간절했을까요?

"게다가 아무도 도울 수 없어."

노인이 아무리 원해도 넓고 넓은 바다에서 육지는 저 멀리 떨어져 있고, 마놀린은 절대 노인 곁으로 올 수 없는 상황입니다. 아무에게도 도움을 받을 수 없죠, 하지만 과연 혼자라는 사실이 '고독'을 의미할까요?

노인이 홀로 청새치와 힘겹게 대치하고, 상어와 싸우는 모습을 보며 우리는 노인이 고독하다고 단정 짓습니다. 하지만 헤밍웨이는 산티아고 노인은 결코 혼자가 아니라고 말합니다. 왜냐하면 산티아고에게는 그의 청새치가 있었고, 적인 상어도 있기 때문입니다. 바다가 있고 바다에서 살아가는 녀석들도 있습니다. 바다 친구로는 노인의 친구가 되어 준 새가 있고, 해파리처럼 노인이 싫어하는 녀석도 있었으며, 바다거북처럼 존경하는 녀석도 있습니다. 어때요? 노인은 아직도 혼자인가요?

없는 것에 미련 두지 않기

　　노인은 마놀린을 애타게 찾을지언정, 그 애가 없다고 불평하거나 분노하지 않습니다. 포기하지도 않고요. 그저 마놀린이 있었다면 좋았을 것이라고 생각할 뿐, 자신의 속도대로 침착하게 하던 일을 해 나갑니다. 헤밍웨이는 같은 문장을 반복하며 이 상황을 계속 강조합니다. 그토록 원하는 조건이 노인에게는 절대 갖추어질 수 없는 상황임을 조명하는 겁니다. 그 조건만 갖춰지면 모든 것이 원활하게 이루어질 것 같은데, 바로 딱 그 하나가 없는 것입니다.

우리들은 자신이 갖추지 못한 것을 얼마나 바라고 원하고 또 원망하나요? 한때 금수저와 흙수저 같은 표현이 유행한 적이 있었습니다. 자신이 금수저가 아닌 것을 아쉬워하는 표현이었을 것입니다. 태어난 집안, 재력, 학교 등등 주어진 조건들을 아쉬워하고, '난 이래서 안 돼'라든가 '내가 저런 조건이었다면…' 하는 생각을 하는 것입니다.

인생은 전부 자기 자신과의 싸움입니다. 태어난 조건을 선택할 수 없지만, 그럼에도 모든 상황을 마주하고 해결해 나가야 하죠. 내가 갖지 않은 것을 불평하고 아쉬워하는 것은 시간 낭비입니다. 과거로 돌아가 태어난 상황을 바꿀 수 없고, 내 부모님을 바꿀 수도 없습니다. 아무리 불평해도 상황은 절대로 바뀌지 않습니다.

노인에겐 마놀린도 없고 당장 해결 방법이 없습니다. 하지만 노인은 요령을 알고 있고, 무엇보다도 중요한 결연한 의지가 있습니다. 인간의 의지와 결단력만큼 매력적인 것은 별로 없을 겁니다. 헤밍웨이는 이 책에서 독백을 통해 '노인이 이기고 싶다는 마음만 먹으면 상대가 누구든 이길 수 있다'라는 문장도 집어넣었습니다. 그리고 그 의지를 책 전체를 통해 절절히 보여주고 있습니다.

"놈이 바다 밑으로 내려가기로 하면 어떡해야 하지? 모르겠어. 놈이 소리 내며 죽어 버리면 어떡하지? 모르겠어. 하지만 뭔가 해야겠지. 할 수 있는 건 충분히 많다구."

노인은 여러 상황을 가정해 봅니다. 청새치가 바닥으로 내려가 버리거나 죽어 버리는 일이 일어나면 마땅한 해결책도 떠오르지 않습니다. 막막하고 답답합니다. 읽다 보면 혼자인 노인이 안타까워 보이기까지 합니다. 하지만 그는 혼자 할 수 있는 일은 충분히 많다면서 스스로를 다독입니다. 그리고는 자신이 할 수 있는 방식으로 물고기를 다루어 나갑니다. 어쩌면 마놀린이 없는 이 상황은 헤밍웨이가 영리하게 마련한 장치인 듯도 보입니다.

모든 사람의 내면에 존재하는 것

《노인과 바다》에서 눈여겨봐야 할 또 하나는 바다라는 무대 장치입니다. 어떤 장치나 상황 없이 단순하게 이끌어 가는 소설이기에 사실 바다 말고는 딱히 강조할 면도 없어 보입니다. 제목에서도 보이지만, 바다라는 장치는 소설에서 아주 큰 역할을 합니다.

헤밍웨이는 노인이 목숨을 건 사투를 벌이는 전쟁터를 바다로 설정했습니다. 이 얼마나 공정한 곳인가요? 자연 한복판에 있는, 어떤 편향된 감정도 개입할 수 없는 너무나도 객관적인 무대입니다. 따라서 결투의 결과에 누구도 불만을 제기할 수 없습니다.

바다는 누구의 편도 들지 않습니다. 공정한 무대에 오른 노인은 드디어 승리를 거둡니다. 약 2박 3일간 잠도 자지 못하고 제대로 먹지도 못해 정신이 몽롱한 상태이지만, 산티아고 노인은 절대로 낚싯줄을 내려놓지 않습니다.

"부당하긴 하지만, 나는 인간이 할 수 있는 것과 견뎌 낼 수 있는 것을 놈에게 보여 주겠어."
"그 어느 때보다도 지쳤어."
"잘 버티자, 다리야. 제발 견디자, 정신아. 제발 견뎌다오. 넌 무너진 적 없었잖아."
"끝을 향해가며 너무 힘들다 느낀 순간, 어쩌면 꿈이 아닐까 생각하기도 했다."

드디어 노인은 자신의 남은 모든 힘을 끌어 모아 이 아름답고 거대한 청새치에게 작살을 꽂아 넣습니다. 최선을 다해 거둔 승리이기에 더더욱 값집니다. 그럼 이제 탄탄대로가 펼쳐질까요? 그러나 이게 끝이 아니었습니다. 노인의 여정은 우리의 인생과 기가 막히게 닮아 있어요.

노인은 마놀린 없이도 물고기를 잡게 되었지만, 곧 기뻐할 틈도 없이 더 큰 문제가 나타납니다. 청새치의 몸집이 너무나 커서 노인이 탄 배에 싣고 갈 수 없었던 겁니다. 노인은 어쩔 수 없이 배 옆에 물고기를 붙들어 매고 육지를 향해 나아갑니다.

그러나 상황은 점점 더 악화됩니다. 물고기의 피 냄새를 맡은 상어들이 다가오기 시작합니다. 정말 심장이 조이는 듯한 장면이지요. 이때 노인은 "아아" 하는 짧은 탄식을 내뱉는데, 헤밍웨이는 이 문장을 두고 '뭐라 다른 말로 옮기는 것이 불가능하다'라고 했습니다. 힘든 고생 끝에 쟁취한 것이 모두 허탈하게 날아가는 장면을 보면 누구라도 "아아" 하고 탄식할 수밖에 없을 겁니다.

처음엔 가졌던 작살로 상어를 물리칩니다. 그러나 이미 노인은 통증 때문에 두 손을 자기의지대로 할 수 없는 상태입니다. 노를 꽉 움켜쥐고 다가오는 상어들을 지켜봅니다. 다가온 상어에게 작살을 꽂으면서 그는 유일한 무기였던 작살을 잃습니다.

물고기의 살점이 상어에게 뜯겨 나갈 때 노인의 자신의 살이

뜯기는 느낌을 받습니다. 약 2박 3일간 대치하며 자신의 형제처럼 느껴졌던 아름답고 존경스러운 물고기가 뜯기는 것을 보면서 말입니다. 노인은 이 모든 것이 꿈이길 바랍니다. 지치고 마음이 약해진 노인은 이토록 먼 바다에 나온 것을 후회하고, 이물고기를 낚은 것마저 후회하기까지 합니다. 그토록 강인했던 모습의 노인이 이렇게 약한 모습을 보이니 마음이 아플 정도입니다.

한 마리를 물리쳐도 또 다른 상어들이 몰려듭니다. 산티아고는 포기하지 않고 자신이 가지고 있던 칼을 노에 붙들어 맵니다. 임시방편으로 창을 만든 것이죠. 그러나 이 보잘 것 없는 무기 하나로 그는 무시무시한 상어를 더 물리칩니다. 이때 산티아고의 노인은 이렇게 독백합니다.

"싸워야지. 죽을 때까지 싸울 거야."

결국 노인의 마지막 노가 부서지자, 더 이상은 상어와 대적할 수 없게 됩니다. 노인은 물고기를 완전히 잃습니다. 상어들이 전부다 뜯어먹고 뼈만이 남지요. 항구로 가져갈 것이 아무것도 없게 됩니다.

노인에게 마놀린이 함께 있었다면 어땠을까요? 작살이 많았다면 어땠을까요? 또는 배가 커서 잡은 청새치를 배에 끌어올릴 수 있었다면 어땠을까요? 어쩌면 상황은 달라졌겠지만, 노인은 단 한 번도 불평이나 불만을 말하지 않습니다. 오직 자신이 처한 조건에서 어떻게 최선을 다하는지만 보여 줍니다.

노인의 단단한 의지는 과연 어디서 나오는 걸까요? 헤밍웨이는 소설의 주인공을 열정 넘치는 젊은이로 설정하지 않고 평범한 노인으로 설정했습니다. 독자는 누구든 산티아고 노인보다 못나지도 잘나지도 않을 겁니다. 헤밍웨이는 인간이라면 누구나 이 정도의 의지는 내면에 지니고 있다고 말하는 것입니다. 하지만 꺼내어 쓰지 않을 뿐이지요.

치열한 경쟁 사회에서는 많은 사람이 비겁한 방식으로 자신의 승리를 쟁취하려 합니다. 디지털을 이용한 수법은 갈수록 악랄해지고, 이득을 위해 물불을 가리지 않기도 합니다. 이러한 시대이기에 헤밍웨이의 《노인과 바다》 속 자연의 무대에서 펼쳐지는 하나하나의 장면은 더욱 값지게 여겨집니다.

헤밍웨이는 아마도 공정하고 선량하게 자신만의 싸움을 해 나가는 이들을 위해 이 소설을 썼을 것입니다. 《노인과 바다》를 읽는 시간만큼은 스스로가 이미 지닌 의지와 투지 등을 상기해 보는 시간이 되었으면 합니다.

"인간은
패배하지 않는다"

하지만 인간은 패배하게 창조되지 않았어.
인간은 부서질지 몰라도 패배하진 않아.

But man is not made for defeat, he said,
a man can be destroyed but not defeated.

노벨상은 6개 부문에서 인류에 크게 공헌한 사람에게 수여합니다. 일생에 한 번 뿐인 수상이죠. 우리나라도 김대중 대통령의 노벨 평화상, 한강 작가의 노벨 문학상 등의 수상자가 있습니다. 이 상징적인 상은 아무리 많은 업적을 이루었더라도, 한 명에게 한 번만 수여합니다. 퀴리부인처럼 노벨 물리학상과 노벨 화학상 등 각기 다른 분야의 상을 두 번 이상 수상할 수는 있습니다.

노벨 문학상도 작품이 아니라 작가에게 수여하므로, 한림원에서는 수여 이유를 발표할 때 특정 작품을 언급하지 않습니다. 수상 작가가 어떻게 문학이라는 분야에 기여했는지 그 기여도로 수여를 정하는 것입니다. 하지만 헤밍웨이만은《노인과 바다》라는 작품명이 명백히 기재되어 있습니다.

> "최근 《노인과 바다》에서 보여준 헤밍웨이의 서사를 다루는 예술성의 완벽함, 그리고 '현대적인 스타일'에 미친 영향에 대해 상을 수여한다."
>
> 1954년, 스웨덴 한림원 '헤밍웨이 선정 이유(Prize Motivation)'

헤밍웨이는 문체의 스타일리스트였습니다. 하지만 그보다도 대단한 것은 바로 소설에서 다루고 있는 '인간의 존엄'입니다. 소설 속에서 헤밍웨이는 일부러 노인에게 불운을 줍니다. 혼자서 아무런 도움 없이 갖은 고생 끝에 간절히 원하던 것을 손에 넣지만, 또한 곧바로 모든 것을 잃습니다. 사람에 따라 이 정도의 일이면 상담을 받아야 할 정도의 괴로운 일일 수도 있습니다.

소설에서 가장 눈부시고 중요한 부분은 마지막에 있습니다. 모든 것을 잃고 항구로 향하며, 노인은 문득 침대를 떠올립니다. 그저 침대에 편하게 눕기를 바라면서 이렇게 얘기합니다.

"그런데 널 때려눕힌 건 누구지? '아무것도 아냐.' 난 너무 멀리 갔을 뿐이야."

모든 독자의 예상을 뒤엎지요. 노인의 회복탄력성이 빛나는 순간입니다.

무릎이 꺾이더라도 지켜야 할 덕목

사람을 패배시키는 것은 실패하거나 모든 것을 잃은 그 상황이 아니라, 그 상황에 대처하는 우리의 반응입니다. 스스로 실패했다고 인정하고 반응하면 실패한 것입니다. 반면에 노인처럼 모든 걸 파멸당했을지라도 '지지 않았다, 실패하지 않았다'라고 생각하고 편히 잠을 잘 수 있다면 아무것도 아닌 것입니다.

녹초가 된 노인은 배를 자갈밭에 올려놓은 뒤 집에 돌아와 돛대를 벽에 기대어 놓고는 엎드려 잡니다. 아무런 분노도, 패배의식도, 열등감도 없이 깔끔하게 곤히 잠듭니다. 현실에서 이렇게 행동할 수 있는 사람은 얼마나 될까요? 장장 84일의 기다림 끝에 2박 3일 동안 모든 것을 내던져 죽을 각오로 내리 싸워 커다란 성과를 올린 뒤, 하룻밤만에 모든 것을 깡그리 잃은 그 마음을 짐작해 본다면 노인의 평정심은 깜짝 놀랄 정도입니다.

노인이 이룩한 것은 다음 날 이 작은 어촌에 큰 이야깃거리를 만듭니다. 물고기의 길이가 무려 5.5미터에 이르렀던 것입니다. 관광객이 몰려들고, 주민들은 평생 어촌에 살면서도 이만한 물고기는 본 적이 없다고 말합니다. 이러한 거대한 업적을 이루었는데 모든 게 물거품이 되었다니… 지켜보는 입장에서는 안타깝기 그지없습니다.

다음 날 아침 노인을 찾아온 마놀린은 산티아고의 두 손을 보고 울음을 터트립니다. 지옥에서 살아 돌아온 모습이었겠죠. 하지만 노인은 자신이 해낸 것엔 관심이 없습니다. 얼마나 큰 물고기를 잡았었는지 무용담을 떠벌리지도 않습니다. 노인은 다시 조용히 잠들어 사자 꿈을 꿉니다.

우리는 눈앞의 목표와 이루어 낸 것에 얼마나 집착을 하나요? 그것을 잃었을 때 감정의 동요 없이 다음 날을 맞이할 수 있는 마음가짐은요? 매일의 전쟁 같은 일상에서 포기하지 않고 끈기 있게 모든 것을 내던져 원하는 것을 쟁취하는 것은 대단합니다. 하지만 헤밍웨이가 말하고 싶었던 것은 무릎이 꺾이거나, 억울한 실패를 겪었더라도 위엄과 존엄을 잃지 않고 우아함을 지키는 능력, 그것이 인간이 갖추어야 할 덕목이라는 점입니다.

이는 헤밍웨이의 인생을 정확히 반영한 것입니다. 헤밍웨이는 아프리카 비행 사고에서 얻은 신장파열, 화상, 두개골 골절, 갈라진 척추뼈 외에도 제1차 세계 대전과 제2차 세계 대전에 참전하며 얻은 6군데의 머리 상처, 한쪽 다리의 237개의 폭탄 파편 등 신체 표면의 절반이 흉터였습니다. 늘 허리 통증으로 괴로워했고, 너무 많은 약을 먹으며 평생을 버텼습니다. 노벨 문학상 수상 사실을 알고도 건강이 좋지 않아 상을 수여받으러 스웨덴에 갈 수 없을 정도였습니다.

헤밍웨이는 이 같은 현실에 대해 "인생이 날 때려눕히긴 했지만, 이건 일시적인 것일 뿐"이라고 말했습니다. 제1차 세계 대전에 열아홉 살이라는 어린 나이에 참전한 이후 계속해서 몸은 부서져 갔지만, 일생 내내 계속해서 소설을 써 나가며 절대 무릎 꿇지 않은 것입니다.

인생은 나만의 상징을 찾는 여정이다

헤밍웨이는 이 소설로 노벨 문학상을 수상한 직후 세계적인 잡지 《타임》과 인터뷰를 합니다. 타임지 뿐 아니라 수많은 언론과 지인에게서 '이 소설 속 상징이 무엇이냐'는 질문을 숱하게 받은 상황이었습니다. 허먼 멜빌의 《모비딕》과의 비교를 비롯해, 소설의 주인공 이름이 '산티아고'인 만큼 기독교적 상징주의가 강하다는 추측도 나오고 있었지요. 또한, 이 소설 속 노인과 소년 마놀린은 무엇을 상징하며, 상어는 악당을 상징하는 것인지 등등의 질문을 받습니다.

헤밍웨이는 자신의 소설이 생생한 데 대해 "진짜 노인, 진짜 소년, 진짜 바다, 진짜 물고기와 진짜 상어를 만들기 위해 노력했다"라고 말한 적이 있습니다. 작가가 그것들을 충분히 좋고 진실되게 만든다면 단순히 노인으로 해석하거나 단순히 짠물의 바다로 해석하지는 않을 것이며, 그 자체로 많은 의미를 내포할 것이라 얘기했습니다.

헤밍웨이는 상징을 미리 정해 두고 쓰인 좋은 책은 없다고 단호히 말하며, 자신의 소설이 건포도 빵이 아닌 플레인 빵이 되길 원한다고 못 박았습니다. 건포도 빵에서 건포도는 무엇보다 명확하게 눈에 보이죠. 하지만 플레인 빵이야말로 겉으로 보기엔 무색무취라도 각자가 즐기기 나름에 따라 수많은 맛으로 변신할 수 있는 겁니다.

헤밍웨이의 소설은 인생에 걸쳐 점차 발전합니다. 작가의 가치관이 나이 들며 성숙해지는 것을 반영하는 자연스러운 수순입니다. 그렇다 보니 첫 작품 《태양은 다시 떠오른다》에 비하면 생애 마지막 소설이었던 《노인과 바다》에는 이 세상 속 모든 생명체를 향한 존엄과 위엄이 강렬하게 드러납니다.

수많은 세월을 견디며 고전의 반열에 오른 책들은 당대의 독자만 흡수하지 않습니다. 고전은 세대를 건너 독자를 만납니다. 그 독자 중에는 이 플레인 빵에 크림치즈를 발라 먹는 것을 좋아하는 독자도 있을 것이고, 참치를 끼워 샌드위치로 먹고 싶은 독자도 있을 것입니다. 또, 플레인 빵을 그냥 갓 구운 고소한 맛으로만 느끼고 싶은 독자들도 있을 것입니다.

고전은 어떤 식으로든 해석될 수 있어야 합니다. 물고기를 잡아야만 했고 죽여야만 했지만 결국 모든 걸 잃은 노인, 노인에게 잡혀야만 했고 또 자신을 모두 상어에게 먹힌 물고기, 노인이 힘들게 잡은 물고기를 전부다 먹어 치워야만 했던 상어… 이 모든 존재가 우리가 세상을 살아가며 본 적 있고 만난 적 있는 존재들이자, 모두 당위성이 있는 당연한 존재들입니다. 누가 옳고 그르고, 누가 좋고 나쁘고를 가를 수 없는 이 인간세상 그 자체인 것입니다.

물고기의 입장에서는 자신을 죽이기 위해 안간힘을 쓰는 노인이 악일 것이고, 노인의 입장에서는 그토록 노력해 얻은 물고기를 뜯어 먹는 상어가 악이겠지요. 《노인과 바다》의 위대한 점은 바로 여기입니다. 독자가 누구든, 어느 상황에 있든 대입해볼 수 있습니다.

한 시대에만 통하는 상징을 집어넣은 책은 그 시대에는 베스트셀러가 될지 모르지만 고전은 될 수 없습니다. 이 세상 모든 인류는 각자 개성을 지니고 있고, 각자의 경험으로 인생을 살아갑니다. 어느 누구도 다른 이와 똑같은 삶을 살 수는 없습니다. 한날한시에 같은 모습으로 태어난 쌍둥이라 할지라도 말이죠.

　사람은 다양한 상황에 노출되며 자신만의 가치관을 만들고 인생을 완성해 갑니다. 예술 작품은 독자의 경험을 거울처럼 반영하며 다양하게 읽혀야만 하는 것입니다. 시대를 건너뛰어 공감할 여지가 있는 것이 바로 고전 소설의 맛입니다.

　내 인생의 청새치는 무엇인가요? 또 내가 맞닥뜨렸던 상어는 무엇인가요? 헤밍웨이의 말대로 청새치와 상어 그 너머의 의미는 독자가 자신의 인생을 비추어 보아야 그 너머가 보입니다. 예를 들어, 누군가에게 청새치는 그토록 입사를 원하던 회사일 수도 있습니다. 힘들게 여러 면접을 거쳐 드디어 입사를 하고 사원증을 목에 걸었는데 악랄한 상어 같은 상사를 만나 힘든 상황일 수도 있을 겁니다.

　인생에 좋은 일이 생길 때, 또 안 좋은 일이 생길 때 산티아고 노인이 어떻게 생각하고 무엇을 떠올렸는지 한번 기억해 봅시다. 저마다의 인생을 대입하는 이런 과정들을 통해 그럼에도 패배하지 않는 자신만의 위대한 인생을 만들어 가길 바랍니다.

• 《노인과 바다》원서 같이 읽기

그 노인은 멕시코 만류에서 홀로 고기를 잡던 어부였는데, 84일간 물고기를 한 마리도 낚지 못하고 있었다.

He was an old man who fished alone in a skiff in the Gulf Stream and he had gone eighty-four days now without taking a fish.

노인은 다른 누구보다도 낚싯줄을 곧게 드리웠는데, 그래야만 짙은 심해 속에서도 그가 원하는 깊이에서 그곳을 헤엄치는 어떤 물고기든지 정확히 기다릴 것이기 때문이었다. 다른 어부들은 줄을 해류에 내맡겨 버렸고, 때때로 줄을 180미터 깊이까지 드리웠다고 생각하지만 실제로는 100미터 깊이 밖에 안 되곤 했다.

He kept them straighter than anyone did, so that at each level in the darkness of the stream there would be a bait waiting exactly where he wished it to be for any fish that swam there. Others let them drift with the current and sometimes they were at sixty fathoms when the fishermen thought they were at a hundred.

"일주일 동안 심해 우물에서 잡아봤지만 아무 것도 못 낚았지," 하고 노인은 생각했다. "오늘은 삼치랑 날개다랑어 떼가 있는 곳에서 잡아봐야겠어. 혹시 그 놈들 사이에 큰 물고기가 있을지도 몰라."

I worked the deep wells for a week and did nothing, he thought. Today I'll work out where the schools of bonita and albacore are and maybe there will be a big one with them.

"지금은 야구를 생각할 틈이 없어. 지금은 오직 하나만 생각해야 해. 내 천직 말이야."

Now is no time to think of baseball, he thought. Now is the time to think of only one thing. That which I was born for.

노인은 생각했다. "내내 생각하란 말야. 지금 하고 있는 일만 생각하라고. 어리석은 짓을 해서는 안 돼."

Then he thought, think of it always. Think of what you are doing. You must do nothing stupid.

"몇 살이니? 너의 첫 여행이니?"
"푹 쉬어 작은 새야. 그리고 돌아가서 사람, 새, 물고기가 그렇듯이 꿋꿋이 도전하며 살거라."
"금방 가버렸네. 하지만 해안에 도착하기까지 너의 갈 길은 더 험하단다."

How old are you? the old man asked the bird. Is this your first trip?

Take a good rest, small bird, he said. Then go in and take your chance like any man or bird or fish.

You did not stay long, the man thought. But it is rougher where you are going until you make the shore.

"놈에게 내가 어떤 사람인지 보여 줄 수 있다면 좋겠어. 하지만 그랬다간 쥐 난 손을 들키겠지. 놈이 진짜 나를 더 큰 존재라고 생각하게 내버려 두자. 아니, 난 그렇게 되고 말겠어."

I wish I could show him what sort of man I am. But then he would see the cramped hand. Let him think I am more man than I am and I will be so.

"내가 저 물고기라면 좋겠네. 놈의 모든 것에 맞서고 있는 거라곤 내 의지와 머리밖에 없으니 말이야."

I wish I was the fish, he thought, with everything he has against only my will and my intelligence.

"하지만 예전엔 더 심한 일들도 겪었었는데 뭘. 한 손은 약간 베였을 뿐이고 다른 한 손에 났던 쥐는 다 풀렸어. 다리도 멀쩡해. 게다가 영양 상태는 저놈보다 우위에 있어."

But I have had worse things than that, he thought. My hand is only cut a little and the cramp is gone from the other. My legs are all right. Also now I have gained on him in the question of sustenance.

"그 애가 있었으면…"

I wish I had the boy.

"게다가 아무도 도울 수 없어."

And no one to help either one of us.

"놈이 바다 밑으로 내려가기로 하면 어떡해야 하지? 모르겠어. 놈이 소리 내며 죽어 버리면 어떡하지? 모르겠어. 하지만 뭔가 해야겠지. 할 수 있는 건 충분히 많다구."

What I will do if he decides to go down, I don't know. What I'll do if he sounds and dies I don't know. But I'll do something. There are plenty of things I can do.

"부당하긴 하지만, 나는 인간이 할 수 있는 것과 견뎌 낼 수 있는 것을 놈에게 보여 주겠어."
"그 어느 때보다도 지쳤어."
"잘 버티자, 다리야. 제발 견디자, 정신아. 제발 견뎌다오. 넌 무너진 적 없었잖아."
"끝을 향해가며 너무 힘들다 느낀 순간, 어쩌면 꿈이 아닐까 생각하기도 했다."

Although it is unjust, he thought. But I will show him what a man can do and what a man endures.

I'm tireder than I have ever been, he thought.

Hold up, legs. Last for me, head. Last for me. You never went.

At one time when he was feeling so badly toward the end, he had thought perhaps it was a dream.

"싸워야지. 죽을 때까지 싸울 거야."

Fight them, he said. I'll fight them until I die.

"그런데 널 때려눕힌 건 누구지? '아무것도 아냐.' 난 너무 멀리 갔을 뿐이야."

And what beat you, he thought. Nothing, he said aloud. I went out too far.

2장

———

인간은 누구도
혼자가 아니다

누구를 위하여 종은 울리나

누구를 위하여 좋은 울리나
For Whom the Bell Tolls

헤밍웨이의 작품 가운데 가장 장엄한 대 서사시가 펼쳐지는 작품은 누가 뭐라고 해도 《누구를 위하여 좋은 울리나》입니다. 이 소설은 스페인을 배경으로 하는데, 스페인은 헤밍웨이가 특별히 좋아했던 나라이자 그의 첫 장편 소설인 《태양은 다시 떠오른다》의 배경이기도 합니다.

헤밍웨이는 전쟁이 끝난 1939년부터 집필을 시작하여 1940년에 출간합니다. 헤밍웨이의 다른 소설은 길어야 몇 달 내외일 정도로 집필 기간이 상당히 짧은 편이고, 분량도 중편 정도입니다. 하지만 이 소설은 집필하는 데 무려 1년 반이 걸릴 만큼 상당히 공을 들이기도 했고 그의 이전 소설들에 비해 엄청나게 확장된 세계관을 보여 줍니다. 헤밍웨이가 집필한 모든 소설을 통틀어 가장 길이가 긴 장편이기도 하죠.

《누구를 위하여 좋은 울리나》는 1936년부터 1939년까지 일어난 스페인 내전이 배경입니다. 작품을 읽으려면 스페인 내전에 대한 약간의 이해가 필요합니다.

1936년 스페인에는 좌익 공화국 정부가 집권하게 됩니다. 이때 우익이었던 프란시스코 프랑코 장군이 주축이 되어 쿠데타가 일어납니다. 스페인의 가톨릭교회, 나치 독일, 이탈리아 무솔리니 정권이 파시스트(fascist)인 프랑코 측을 지원하고, 영국, 프랑스, 소련을 비롯한 국제 여단에서 공화국 정부를 지원하며 치열한 전투가 벌어집니다.

이 쿠데타는 프랑코 측의 승리로 끝이 나지만, 같은 동족끼리의 전쟁이기 때문에 더욱 비극적이었던 데다가, 전쟁 양상에 각국의 다양한 이해관계가 얽혀 훗날 제2차 세계 대전이 일어나게 되는 전조가 되었습니다.

이 작품은 방대한 분량과는 대조적으로 오직 3박 4일간의 아주 짧은 시공간의 기록입니다. 1937년 5월의 마지막 주말로부터 만 3일도 되지 않는 70시간 사이에 일어난, 인간의 삶과 죽음에 대한 거대한 서사입니다. 하지만 소설 속 70시간은 70년의 밀도를 지닙니다. 무려 책 두 권 분량에 걸쳐 70시간을 촘촘히 담으면서도 흡입력을 잃지 않고 독자들을 붙들어 두는 헤밍웨이 능력에 감탄하게 됩니다.

20세기 최고의 종군기자 중 한 명이자 헤밍웨이의 세 번째 배우자가 된 마사 겔혼도 자신이 기자이자 작가로서 본 헤밍웨이의 작품에 대해 "마법이 가득한데다 마치 플루트 음악처럼 흘러간다"라고 평했습니다. 본인의 글이 평범하고 영감도 없게 느껴졌을 정도로 헤밍웨이는 아름다운 이야기를 만들어 낸다고 말했죠. 이 소설을 읽으면 그 평가에 동의할 수밖에 없습니다. 그럼 마치 악마처럼 빛나는 재능이 십분 발휘된 헤밍웨이의 최고 걸작을 만나 보겠습니다.

강력한 설득력은
서사로부터 나온다

내가 좋아하는 냄새는 이거야. 막 꺾은 클로버,
네가 탔던 소에게 밟힌 세이지 허브, 장작 타는 냄새,
가을 낙엽 태우는 냄새. 그건 분명 향수(노스탤지어)의 냄새야.

This is the smell I love. This and fresh cut clover,
the crushed sage as you ride after cattle, wood- smoke and the
burning leaves of autumn. That must be the odor of nostalgia.

《누구를 위하여 종은 울리나》의 주인공은 미국 몬태나 대학의 스페인어 교수인 로버트 조던입니다. 그는 국제 여단(스페인 내전 당시 세계 53개국에서 모인 의용군)에 소속되어 스페인 내전에 참전하게 되죠. 폭발물 전문가이기도 한 그는 마드리드와 세고비아 사이 계곡에서 강철로 만들어진 다리를 폭파하는 임무를 받습니다.

로버트 조던이 속한 국제 여단은 공화국 정부를 지원하고 있

었고, 공화국 정부가 공격을 개시하면 파시스트가 지원군을 보내지 못하도록 가장 중요한 위치에 있는 다리를 폭파하는 것입니다. 그는 임무 수행을 위해 현지인 게릴라 요원 및 집시 대원들과 함께 작전을 수행하기로 합니다. 소설에는 대원들 간의 갈등, 그리고 게릴라들이 그간 내전에서 행했던 잔인한 전투의 이야기가 펼쳐집니다.

공감을 부르는 첫 번째 단계

누군가를 설득할 때 가장 효과적인 방법이 바로 '스토리'입니다. 스토리는 인류의 발명품 가운데 가장 높은 집중력을 불러일으키는 수단입니다. 유튜브가 영상 중간에 광고를 끼워넣기 시작했을 때의 사례를 보면 이를 더 실감할 수 있습니다.

유튜브는 구독자들이 광고를 보도록 하기 위해 수많은 연구를 했습니다. 대부분이 스킵하기를 누르기 때문에 어떤 광고여야 스킵을 하지 않고 끝까지 볼지를 아는 것은 상당히 중요했지요. 데이터 분석 결과, 끝까지 보는 광고는 대부분 한 편의 영화를 보듯 스토리가 있는 광고였습니다.

보통 디즈니나 픽사처럼 스토리가 탄탄하기로 유명한 회사들은 스토리에 공식이 있다고 해도 과언이 아닙니다. 헤밍웨이나 기타 훌륭한 작가들의 소설도 대부분 유사합니다. 그들이 펼치는 이야기의 초반에는 주인공의 하루하루가 등장합니다. 제법 잔잔하게 흘러가죠. 책을 펼치자마자 극도의 긴장감이나 드라마틱한 사건이 초반에 등장하는 경우는 드뭅니다.

독자는 천천히 주인공을 알아가면서 그의 시점과 상황에 물들어 갑니다. 이 초반 단계에서 독자가 주인공과 주변 상황에 얼마나 유대감을 쌓는지가 소설과 영화의 성공 핵심입니다. 여기에 흥미가 떨어지거나 맥락이 부족하다면 앞으로 펼쳐질 드라마틱한 일들에도 큰 감흥이 없게 됩니다.

초반이 지나면 주인공에게 역경이 닥칩니다. 이때 독자는 자기의 일인 듯 마음 아파하고 주인공과 동일한 감정을 느끼게 됩니다. 결과적으로 스토리는 새드엔딩일 때도 있고 해피엔딩일 때도 있지만 대부분 역경을 견디고 극복하는 과정을 거칩니다.

특히 헤밍웨이는 인간의 역경 극복이라는 부분에 강점을 지니는 소설을 많이 썼기 때문에 그의 소설들이 던지는 중심 메시지는 비슷할 때가 많습니다. 호흡이 충분하고 잘 짜인 소설은 주인공이 역경을 극복할 때 독자가 같이 감동하고 흥분하게 되지요.

헤밍웨이의 소설들이 큰 성공을 한 데에는 그의 이야기꾼으로서의 면모가 큰 빛을 발휘했습니다. 겔혼은 《누구를 위하여 종은 울리나》를 집필 중이었던 당시 헤밍웨이를 일컬어 "열정으로 가득 찬 놀라운 이야기꾼"이라고 지칭하기도 했습니다. 거기에 단단하고 힘 있는 문체가 덧대어지자 작가가 굳이 말하지 않아도 모든 것이 독자에게 전달되었습니다. 작가가 말하지 않았기 때문에 독자들에 따라서 전달받는 크기가 각자 다른 것도 헤밍웨이만이 가졌던 힘이었습니다.

사실적인 묘사가 높이는 공감력

글을 읽는 것은 결국 간접 경험입니다만, 직접 경험한 것처럼, 눈에 잡힐 것처럼, 내가 그 장소에 존재했던 것처럼 사실적이어야 합니다. 이는 헤밍웨이가 집필 인생을 통틀어 가장 중요하게 생각했던 부분이었습니다. 소설 속 모든 것은 그 무엇보다, 심지어 진짜보다도 진짜 같아야 하고 사실적이어야 한다고 늘 강조했지요.

헤밍웨이는 이 작품에서 우리를 오감의 세계로 이끕니다. 좀더 생생하게 소설에 몰입할 수 있도록 수많은 냄새를 등장시킵니다. 한순간 한순간이 긴장의 연속으로 곧 목숨을 건 작전을 앞두고 있는 로버트 조던은 가장 행복할 때의 냄새들을 떠올립니다. 실상은 보초를 서기 위해 동굴 밖에서 추운 새벽에 침낭에 의지한 채 자고 있는 것입니다. 그가 밖에서 자는 것을 동료들도 걱정할 정도이지만, 극한의 상황에서 그가 상상하는 냄새들은 평온과 행복 그 자체의 냄새들입니다.

"내가 좋아하는 냄새는 이거야. 막 꺾은 클로버, 네가 탔던 소에게 밟힌 세이지 허브, 장작 타는 냄새, 가을 낙엽 태우는 냄새. 그건 분명 향수(노스탤지어)의 냄새야. 미줄라(몬태나 주 도시)의 가을날, 나무 낙엽더미를 태우는 연기 냄새.

넌 어느 게 더 좋을까? 인디언들이 바구니를 만들 때 쓰는 잔디? 훈제 가죽? 봄비 내리고 난 뒤 흙냄새? 갈리시아 곶 벼랑에서 덤불을 헤치고 걸을 때 나는 바다 냄새? 아니면 어둑어둑한 무렵 쿠바에 가까워져 올 때 육지에서 불어오던 바람? 그건 선인장 꽃과 미모사, 가시 솔나무 향기였어.

아니면 아침 배고플 때 베이컨 굽는 냄새가 더 좋을까? 아니면 아침 커피? 아니면 한 입 베어 문 조녀선 사과? 사과주스 공장에서 사과 갈아 만드는 냄새? 오븐에서 갓 구워 낸 빵 냄새?"

어떤가요? 읽다 보면 미소가 지어지는 행복의 냄새들입니다. 그리고 일상이 한가롭게 이어질 때의 냄새들입니다. 걱정이 없을 때의 냄새들이지요. 헤밍웨이는 이 외에도 소설 곳곳에 필라르가 묘사한 죽음의 냄새, 로버트와 마리아가 사랑을 나눌 때의 히스꽃 냄새 등을 등장시킵니다.

한편, 작품을 관통하며 계속해서 독자들의 코를 간질이는 냄새는 솔잎 냄새입니다. 소설의 시작을 솔잎으로 시작해 맨 마지막을 솔잎으로 끝냅니다. 어떤 독자는 책을 덮고 나서도 한동안 솔잎 냄새가 코끝에 맴돌았다고 합니다. 어쩌면 솔잎 냄새를 맡을 때마다 이 소설과 로버트 조던이 떠오를 수도 있겠죠.

냄새는 기억의 서랍이 열리는 가장 첫 번째 열쇠입니다. 마르셀 프루스트의 《잃어버린 시간을 찾아서》에는 홍차에 적신 마들렌을 한입 베어 문 순간 기억이 밀려오는 장면이 나옵니다. 인간은 기억을 떠올리기 위해 여러 수단을 동원해야 할 때도 있지만 가장 효과가 좋은 것은 역시 냄새입니다.

소설을 읽다 보면 냄새에도 각각의 정체성이 있다는 점을 알게 됩니다. 평소에 자각하지는 못하지만, 사실 인간은 평생토록 맡아온 일상의 냄새들이 무의식에 각인되어 있기 때문에 특정 냄새만으로도 대부분의 장소를 가늠할 수 있고, 사건의 분위기, 상황의 방향성 등 모든 것을 알기도 하는 것입니다. 홀로 길을 잃고 광야를 헤매는 사람이 어디선가 탄약 냄새를 맡는다면 긴장을 할 것이고, 어디선가 밥 짓는 연기 냄새를 맡는다면 보호받는 느낌이 들겠죠. 냄새만 묘사해도 많은 부분이 설명됩니다. 헤밍웨이는 이를 누구보다 잘 인지하고, 소설 속에서 훌륭하게 활용해 낸 것입니다.

압도되지 않고
쾌활하게 사는 삶

격정하는 건 두려워하는 것만큼 어리석다.
상황을 한층 더 어렵게 할 뿐이다.

To worry was as bad as to be afraid.
It simply made things more difficult.

소프트 뱅크의 창업자인 손정의는 재일교포 3세로 일본에서 입지전적인 기업을 일군 사람입니다. 어릴 때는 무허가 판자촌에 살았을 정도로 열악한 가정 형편이었다고 합니다. 그러다 학창시절 미국에 한번 가게 되는데, 당시 미국의 풍경은 너무나도 신세계였다고 합니다. 이후 어려운 가정 형편과 가족들의 반대와 비난에도 기어코 미국으로 유학을 떠나고 맙니다.

버클리 대학에 재학하던 중에는 매일매일 개발에 몰두하며 전자사전의 기초가 된 아이디어를 샤프사에 팔기도 했습니다. 이때부터 컴퓨터 칩이 세상을 바꿀 것이라는 것을 직감한 그는 일본에 돌아와 소프트 뱅크를 창업합니다. 개업식 때는 직원 두어 명을 모아놓고 두부 상자 위에 올라가 연설합니다. 이 연설은 그의 거대한 꿈을 보여 줍니다. 두부를 세듯이, 나중에 회사의 자산을 1조, 2조로 세게 될 것이라는 연설이었죠. 직원들은 황당한 표정을 지었지만 결국 그의 말대로 되었습니다.

1980년대에 손정의는 당시만 해도 불치병이었던 만성 간염으로 입원하게 됩니다. 의사에게 5년 내에 죽게 된다는 시한부 인생까지 선고받았죠. 그때 입원해 있던 손정의의 모습은 침착한 소년과도 같았다고 합니다. 손정의 스스로도 그간 못 읽던 책을 실컷 읽을 수 있는 기회로 여기고 잠잠히 신약의 효과를 기다리며 책을 읽은 시기였다고 회고합니다.

밤새 울며 지내든 고요하게 즐기면서 지내든 결과가 크게 달라지지 않는다면 무엇이 좋은 방법이겠습니까? 당연히 침착하게 즐기며 지내는 방법일 겁니다. 인생이 뜻대로 흘러가는 일은 거의 불가능한데 매순간 웅크리고 불평하며 지내는 것보다는 춤을 추며 즐겁게 지내는 것이 인생의 질을 높이는 방법이 아닐까요?

훗날 생을 돌아볼 때 '괴로운 일도 많았지만 참 유쾌하게 잘

지냈어'라고 회상하는 것이 '괴로운 일이 많아서 정말 고통스러운 인생을 보냈어'라고 회상하는 것보다는 백배 낫겠지요. 똑같은 일도 어떻게 받아들이는지에 따라 삶의 질이 크게 달라집니다.

걱정해 봐야 해결되지 않는다

로버트 조던은 소련의 골츠 장군에게 명령을 전달 받습니다. 당시 소련은 공화국 정부를 지지하고 있었습니다. 소련의 장군인 골츠가 공격을 시작한 순간 파시스트가 증원군을 보내지 못하도록 다리를 폭파하면 되는 일이었습니다. 다이너마이트와 폭약, 폭파 장치, 뇌관이 담긴 배낭을 어깨에 짊어진 로버트 조던은 게릴라들을 만납니다.

하지만 다리 폭파 업무는 단순히 폭파하고 끝나는 게 아니라 후폭풍이 엄청난 일이었습니다. 마드리드 북서쪽 아빌라 지방에 위치한 이 다리는 공화국 정부가 목표 점령지로 삼았던 곳이었습니다. 이곳을 차지하느냐 못하느냐에 따라 내전의 양상이 뒤바뀔 정도로 중요한 곳이었지요.

만약 로버트 조던이 다리를 제대로 폭파한다면 파시스트는 열세에 몰리고 공화국 진영은 공세를 퍼부어 승리를 얻을 수 있는 상황이었습니다. 그렇게만 되면 이 잔인한 내전이 종식될 수 있고, 더 크게는 고통 받는 인류와 세계의 평화를 가져올 수도 있는 일이었지요.

로버트 조던은 골츠 장군이 공격을 시작하는 그 순간의 광경을 상상합니다. 보병을 실은 긴 트럭의 대열, 기관총 부대, 탱크들… 그 모든 이의 운명이 어쩌면 폭약을 쥔 자신의 두 손에 달린 것입니다. 무엇보다 다리를 직접 본 순간 그는 이 임무로 인해 자신이 목숨이 위태로워질 수 있다는 것을 직감합니다.

게릴라군의 우두머리인 파블로의 배우자 필라르는 로버트의 손금을 보고는 표정이 굳어지며 아무 말도 하지 않습니다. 상황을 알 만합니다. 그 압박감을 어떻게 표현할 수 있겠습니까? 로버트는 공격이 시작되는 순간을 상상하던 걸 멈춥니다. 그건 그가 해야 할 일이 아니라 골츠 장군이 해야 할 일이었으니까요. 헤밍웨이는 이 전설적인 소설 첫 장을 이렇게 마무리 합니다.

> "생각할수록 모든 훌륭한 사람들은 하나같이 유쾌했다. 유쾌한 편이 훨씬 나았고 또한 그것은 어떤 징표이기도 했다. 그건 마치 아직 살아 있을 때 영원히 죽지 않을 것 같은 징표였다."

계속해서 이런저런 생각을 하던 로버트 조던은 '아, 배고파 죽겠네. 파블로한테 먹을 게 많았으면 좋겠다.'라며 단순한 생각으로 접어듭니다. 인류의 미래를 책임지는 압박감 속에서 드는 수많은 생각을 단순히 먹을 게 많았으면 좋겠다는 생각으로 치환해 버리는 것입니다. 그리고 1장이 마무리됩니다.

목숨이 걸린 일을 앞두고 배고픔을 해결하는 방법을 떠올리는 것이 가능할까요? 보통은 그 압박 속에서는 불가능할 것입니다. 이 장면에서 헤밍웨이의 인생을 관통했던 압박 속의 우아함이라는 문구가 떠오르기도 합니다.

그런데 이 책을 읽다 보면 '걱정'이라는 단어가 정말 많이 나옵니다.

"그러니까 이제는 걱정하지 마. 네가 갖고 있는 걸 챙겨. 그리고 맡은 일이나 해. 그러면 넌 긴 인생을, 아주 즐거운 인생을 보낼 거야."

"네가 반드시 해야 할 일을 생각하는 것과 걱정하는 것은 별개야. 걱정하지 마. 걱정하면 안 돼. 넌 네가 해야 할 일을 잘 알고 있고, 어떤 일이 일어날지도 알고 있어. 틀림없이 그 일이 일어날 거야."

이렇게 계속해서 쉬지 않고 걱정하지 말자고 되뇌는 로버트 조던의 마음속은 어떨까요? 실제로는 저만큼 끊임없이 되뇌어야 할 정도로 걱정에 가득 휩싸여 있었겠지요. 사실 헤밍웨이의 글 속에서 주인공들은 하나같이 '걱정하지 말자'라는 만트라를 중얼거리고 있습니다.

헤밍웨이는 첫 소설부터 미완성 회고록까지 한결같은 캐릭터의 주인공들을 등장시킵니다. 그가 지인들에게 쓴 편지들에서도 같은 표현이 반복해 나오는 걸 보면 이는 아마도 헤밍웨이 본인이 늘 되뇌는 말이었을 것입니다.

소설가들은 필연적으로 상상력이 뛰어난 사람들입니다. 그런데 상상력이 뛰어난 사람일수록 당연히 머릿속에서 만들어 내는 걱정도 많기 마련입니다. 헤밍웨이라는 위대한 작가의 내면도 오늘날 걱정 많은 우리와 하나도 다른 것이 없지 않나요?

유쾌하게, 쾌활하게, 언제 어느 때라도

요즈음 긍정이라고 하는 것은 하나의 종교가 되어 가는 것 같습니다. 역사적으로 보아도 긍정적으로 살고 긍정적인 말을 하는 것만큼 현대 모든 인류가 매달리고 있는 것도 없을 겁니다.

　　새벽이 오기 전이 가장 어둡다

영국의 총리였던 윈스턴 처칠은 "나는 낙관주의자이다. 다른 것이 되는 것은 별로 쓸모가 없어 보인다"라는 말을 남겼습니다. 낙관주의자가 아닌 것은 말 그대로 쓸모가 없다는 겁니다. 핑계와 남 탓으로 잠시의 위안은 얻을 수 있겠지만 상황이 나아지는 것은 아닙니다.

선사시대 동굴 생활을 할 때는 걱정이 많은 것이 생존에 유리했습니다. 생존에 가장 중요한 것은 안전이고, 안전을 위해서는 동굴에 머무르는 것이 가장 현명하지만, 그럴 경우엔 식량 공급에 문제가 생깁니다. 동굴 밖으로 나가서 식량을 구해 와야만 생존할 수 있는 겁니다.

동굴 밖은 정글이었기에 아무 생각 없이 해맑게 동굴 밖을 나가는 사람보다는 걱정 많은 사람이 맹수 대비도 하고 사냥 도구도 마련해 나갈 수 있었죠. 당연히 생존의 확률은 높아졌습니다. 때문에 우리의 선조는 전부다 걱정이 많았던 사람일 확률이 높고, 우린 그런 사람들의 자손으로 이 땅에 태어났습니다. 우리의 유전자에 자연스레 '걱정' 유전자가 각인되어 있는 것입니다.

헤밍웨이 역시 본인의 삶에서, 그리고 그가 창조해 낸 허구의 세계에서 계속해서 이를 강조하고 또 강조합니다. 그의 주인공들은 극도의 스트레스 속에서도 지지 않으려 노력하고, 걱정하지 않기 위해 노력합니다. 하지만 시대는 변했고 지금은 생존과 긴 수명이 거의 보장되어 있다시피 합니다.

오래 살 확률이 더 높기 때문에 이제 인류는 생존 그 자체보다 삶의 질을 챙기기 시작했습니다. 현생을 별일 없이 오래 산다면 그 다음은 무엇이 최선이겠습니까? 매일매일 우울하고 걱정하며 사는 것보다 밝고 긍정적으로 사는 것이 더 행복한 삶을 사는 데 유리해진 거죠.

처칠이 말한 대로 비관적인 생각, 나쁜 생각은 지금의 시대에서 장점이 없습니다. 우리의 영혼을 좀먹을 뿐입니다. 가끔 인생을 뒤로 돌릴 수 있다면 걱정이 참 쓸모 있었겠다는 생각이 들 때가 있습니다. 과거로 돌아갈 수 있다면 더 나은 대비를 할 수 있을 테니까요. 하지만 불행히도 우리의 삶에 뒤로 돌리는 버튼은 없습니다.

인생은 압박의 연속이고 스트레스의 연속이지만 앞으로 나아갈 수밖에 없습니다. 그렇다면 상상으로 채우는 걱정보다는 긍정으로 시간들을 채워가는 것이 좋겠지요.

즐기는 사람이
강하다

이건 굉장한 눈보라야. 아마 그는 즐길 수 있겠지.
모든 것을 망쳐 버리고 있지만 넌 즐길 수 있을 거야.

This was a big storm, and he might as well enjoy it.
It was ruining everything, but you might as well enjoy it.

할리우드의 흑인 배우 가운데 모건 프리먼이라는 유명한 배우가 있습니다. 어느 날 그는 기자로부터 "제가 당신을 니그로 (미국에서 흑인을 낮춰 부르는 경멸어)라고 표현하면 어떻게 됩니까?"라는 무례한 질문을 받습니다. 보통의 흑인이었다면 얼굴이 붉으락푸르락해질 만한 질문입니다. 하지만 프리먼은 표정하나 바뀌지 않고 "나는 아무 상관도 없습니다. 그런 단어를 쓰는 것은 당신의 문제지, 내 문제가 아니거든요"라고 답합니다.

누군가 나에게 저속한 표현을 쓰며 모욕하는 건 오히려 그 사람의 교양이 밑바닥이라는 사실을 드러낼 뿐이라는 것을 지적한 것입니다. 이런 무례한 상황에서 화를 낸다면 상대방이 한 말을 그대로 받아들이는 것이 됩니다. 상대방의 말은 상대방의 생각일 뿐, 그걸 받아들이고 말고는 내가 정하는 것입니다. 무례한 표현이라도 그 사람의 교양의 탓으로 돌리면 나는 쿨할 수 있습니다.

이러한 사고방식은 십 년 전쯤 유행했던 《미움받을 용기》의 아들러 심리학과도 연결되어 있습니다. 모든 것은 나의 결정이라는 이론입니다. 예를 들어, 웨이터가 손님에게 커피를 쏟아 손님이 화를 냈다면, 원인은 커피를 쏟은 웨이터가 아니라 소리를 지르겠다는 목적을 지닌 본인의 결정에 있다는 것입니다. 아들러의 심리학은 원인이 있어서 결과가 생겼다는 것이 아니라 목적을 가지고 수단으로서 감정을 만들어 낸다고 얘기합니다.

이 책에는 나에게 부여된 과제와 타인에게 부여된 과제를 분리해야 한다는 '과제 분리'라는 말이 나옵니다. 인간에게는 일, 친구, 사랑 등의 많은 과제가 부여됩니다. 그럼 본인의 과제를 해결하는 데만 신경 쓰면 될 텐데, 꼭 남의 과제에 끼어드는 사람이 있습니다. 마찬가지로 나에 대한 타인의 반응은 타인의 과제지 내 과제가 아닙니다.

열심히 노력하고 있는데 옆에서 찬물 끼얹으며 무시하는 사람이 있다면 '바다는 빗물에 젖지 않는다'라는 말을 기억해 봅시다. 또, '사자는 강아지가 짖어도 뒤를 돌아보지 않는다'라는 표현도 있습니다. 무엇보다 내가 훌륭해졌을 때 그 대가는 나를 무시한 사람이 치릅니다. 뼈아픈 후회는 여름날 놀았던 베짱이의 것이지 노력하는 자의 것이 아닙니다.

화를 내는 것은 겁을 내는 것이다

《누구를 위하여 좋은 울리나》 속에서 게릴라군 우두머리인 파블로는 처음부터 로버트 조던이 싫습니다. 로버트 조던도 파블로를 싫어합니다. 파블로는 한때 사람 죽이는 것을 개미를 죽이는 것처럼 여기며 전쟁터를 휩쓸던 사람입니다. 하지만 어느 정도 누리는 것이 많아지자, 지금은 안전과 안위가 중요해진 사람입니다.

파블로는 이 작전이 아주 위험한 것을 알고 있고, 다리를 폭파한 이후에는 자신들의 터전이 노출되므로 어렵게 정착한 안락한 터전을 버리고 다른 곳으로 옮겨야 하며, 그 곳에서도 공격을 받게 될 것을 직감합니다. 그 때문에 로버트 조던에게 협조적이지 않습니다. 자신과 게릴라군이 위험에 빠지는 것이 싫은 것이죠. 로버트 조던은 몇 번이나 비협조적인 파블로를 죽일까 말까 고민하지만 망설이다 그만둡니다. 하지만 결국 파블로는 다리를 폭파하는 임무에서 가장 중요한 폭약 한 뭉치, 그리고 폭파 장치와 뇌관을 가지고 사라집니다.

이를 알게 된 로버트 조던은 온 힘을 다해 파블로를 저주합니다. 폭파 장치가 없어졌으니 다른 수단을 찾아야 합니다. 이제 이 작전은 기적만을 바라야 합니다. 게릴라군과 자신까지 모두를 다 죽음에 빠트리고도 다리를 폭파하지 못할지도 모릅니다. 정말 파블로가 지옥에나 갔으면 좋겠는 기분입니다. 그리고 자기 자신을 용서하지 못합니다. 그놈을 일찍 죽이지 못한 자신을, 중요한 다이너마이트 배낭을 필라르에게 맡겼던 자신을, 모든 것을 후회하며 자기혐오에 빠지지요. 하지만 곧 생각을 고칩니다.

"안 돼. 화 내지 마. 화내는 건 겁내는 것만큼 해롭거든."

로버트 조던은 침착하게 대안을 찾습니다. 곧 떠났던 파블로가 다시 찾아옵니다. 다이너마이트를 강물에 던져 버린 걸 후회하며 다시 그들을 도우러 온 것입니다. 작전에 도움이 되는 말과 군사도 함께 모아서 데려옵니다. 정말 다행이면서도 허무한 순간입니다.

저럴 거면 다이너마이트는 왜 훔쳐 달아났나, 달아났으면 사라질 것이지 왜 또 돌아오나 여러 생각이 들게 합니다. 하지만 예상을 벗어난 사건의 전개가 오히려 더 진짜 있었던 일의 묘사 같다는 느낌을 줍니다. 실제 전쟁의 한복판이라면 인간의 변심은 물론이거니와 그 무엇인들 쉽게 예측이 가능하겠습니까?

다음 날 이들은 다리를 폭파할 때 쓸 폭파 장치와 뇌관이 없어진 바람에 폭약 가까이에서 폭파 버튼을 눌러야 하는 상황에 직면합니다. 터진 다리 파편을 근거리에서 맞아 소중한 대원 두 명이 목숨을 잃게 되죠. 파블로만 아니었다면, 폭파 장치만 있었다면, 눈만 내리지 않았다면 이 안타까운 인물들이 곤경에 빠지지 않았을 텐데 하는 생각이 머리를 떠나지 않습니다.

그러나 그 이후의 일들을 생각해 보면, 로버트 조던이 화를 내지 않았기 때문에 이 정도로 마무리된 것이라고 봐야 할지도 모릅니다. 파블로를 용서하지 않았다면 퇴각할 때 큰 도움이 되어 준 말이나 지원군마저 잃었을 테니까요.

화를 낸다는 것은 그 상황을 악화시키는 것밖에 되지 않습니다. 우리가 해야 할 일은 시점을 바꾸어 탈출하는 것이지, 그 상황에 짓눌려 악화시키는 것이 아닙니다. 냉정을 되찾고 해야 할 것에 집중하는 것이 정답입니다.

내 감정의 주체는 내가 되어야 한다

소설에는 이 작전을 방해하는 여러 요소가 등장합니다. 그 가운데 제일 큰 문제는 눈보라입니다. 초여름에 해당하는 5월 말에 하필이면 눈이 오는 것입니다. 절체절명의 중요한 작전을 앞두고 눈이 오는 것은 당연히 좋을 리가 없습니다. 하지만 로버트 조던은 생각을 바꿉니다.

"넌 받아들이고 싸워야 해. 지금 프리마 돈나인 척 구는 짓은 그만둬. 방금 전까지 그랬듯이 눈이 온다는 사실을 받아들여. 그다음 할 일은 집시를 만나 영감을 찾아내는 거야. 하지만 눈이라니! 지금 이 5월에…. 신경 꺼. 신경 끄고, 받아들여."

문제가 닥쳤을 때 중요한 것은 지금까지의 일을 잊고 감정을 훌훌 털어 버려야 하는 것입니다. 헤밍웨이는 이를 프리마 돈나인 척은 그만두라는 말로 표현했군요. 프리마 돈나는 오페라에서 주인공을 맡은 여가수를 가리키는데, 이들이 맡은 오페라의 주인공처럼 비련에 잠기지 말라는 겁니다.

로버트는 자꾸만 드는 생각들을 계속해서 잘라 나갑니다. 그리고 현재에 집중하고 어떻게 해결할지를 생각합니다. 당연히 눈이 안 왔다면 얼마나 좋았겠습니까? 또 파블로가 뇌관을 갖다 버리지 않았다면 얼마나 좋았겠습니까? 하지만 이미 벌어진 일이었습니다. 결국 로버트 조던은 남은 힘만으로 다리를 폭파해야겠다고 다짐합니다.

> "맙소사, 내가 화를 이겨 내다니 기쁘군. 그것은 마치 폭풍우 속에 갇혀 숨쉬기 힘든 것과 같거든. 화내는 건 감당할 수 없는 또 하나의 빌어먹을 사치일 뿐이야."

우리가 해야 할 생각은 '이 상황 열받아'가 아니라 '내가 이 상황에서 할 수 있는 건 무엇일까'입니다. 폭풍우에 잠겨 있지 말고 해결 방법을 찾아 직접 행동으로 나서는 것입니다. 나는 내 감정의 주인이고 주체입니다. 내 반응은 내가 정하는 것입니다.

다른 일 때문에 분노가 치밀어 오르다가도 회사의 운명을 바꿀 만큼 중요한 거래처 사장님 전화가 왔다면, 내 앞에 아이의 담임 선생님이 계시다면, 수많은 사람 앞에 서야 한다면 우리는 감정을 제어할 수 있게 됩니다. 평소에 아무리 화가 나는 일이 있더라도 우리는 충분히 스스로의 기분을 조절할 수 있다는 사실을 잊지 맙시다.

한정된 시간 속에서
추구하는 최고의 가치

그러니까 현재의 시간을 최대한으로 이용하고
그것에 감사하면 그만이야.

So you had better take what time there is and
be very thankful for it.

《누구를 위하여 종은 울리나》에서 헤밍웨이는 '오늘', '지금' 등의 표현을 강조합니다. 모든 등장인물이 당장 내일도 살아 있을지 알 수 없기 때문에 지금에 충실해야 하기 때문이죠. 미래를 담보로 현재를 저당 잡히지 않는 태도를 보여 줍니다.

"지금 외에는 아무 것도 없어. 어제라는 것도 없고, 당연히 내일이라는 것도 없지. 그걸 알려면 몇 살이나 먹어야겠어?

지금만 존재할 뿐이야. 만약 그 지금이 겨우 이틀뿐이라면,
그 이틀이 네 모든 인생이고 그 속의 모든 것은 비율로 존재
하거든."

이 소설의 원서의 어떤 쪽에는 지금(now)이라는 단어가 무려
마흔 번도 넘게 등장합니다. 간결하고 생략에 특화된 문체를 지
닌 헤밍웨이가 같은 단어를 몇십 번을 쓰다니 매우 놀라운 사실
입니다.

니체가 강조한 사상 중에 '영원회귀'라는 사상이 있습니다. 만
약 우리가 단 한 번 사는 것이 아니라 두 번, 세 번, 아니 수천 번
을 살 수 있다면 어떻겠습니까? 언뜻 생각하기엔 꽤나 좋은 것
같습니다. 하지만 이 가정에서 반복되는 삶은 지금 살아온 1회
차 인생을 정확히 똑같이 살아야 합니다. 천 번 반복된다면 이
제껏 살아온 이 인생 그대로 천 번을 살아야 하는 거죠. 이 경우
에도 지금의 삶을 복사해 살고 싶은 사람이 있을까요?

이 가정은 우리의 삶을 뒤돌아볼 때, 그리고 앞으로의 삶을 살
아갈 때 상당히 중요한 시사점을 제공합니다. 이렇게 인생이 영
원히 반복된다고 가정했을 때 그대로 반복해 살아도 좋을 만한
지금을 살아야 하는 것입니다. 몇 번을 붙여넣기 해도 후회가
없고, 반복되는 그 삶이 기대될 만큼 말이죠.

《누구를 위하여 좋은 울리나》 속 주인공들은 모두 지금과 오늘을 치열하게 살아 냅니다. 나아가 민주주의와 인류의 평화를 위한 책임을 다합니다. 그들은 파시스트들이 자신의 삶을 무너트렸다고 그저 주저앉지 않았습니다. 분노를 삭이며 현재를 끌어안고, 앞으로 파시스트를 공격할 계획만을 세우고 있습니다. 그에 더해 로버트 조던은 자신의 인생을 바꾼 사랑 역시 후회 없이 추구합니다.

시간을 밀도 높게 사용할 때 찾아오는 것

"주어진 시간을 잘 활용해야지요."

로버트 조던이 임무를 부여 받고 다리를 폭파하기까지 걸린 70시간이라는 짧은 시간 안에서 등장인물들은 당장 앞날의 삶과 죽음도 알 수 없는 상황을 맞이합니다. 자신이 이삼 일 뒤에 살아 있을지 죽어 있을지 모르는 극도의 긴장은 등장인물들을 초현실적인 시간의 개념으로 인도합니다. 그 때문에 작품에서는 시간에 대한 표현이 유독 많이 등장합니다.

"어쩌면 이것이 지금 내가 삶에서 얻을 수 있는 걸 거야. 어쩌면 이것이 내 삶이고, 내 삶의 연수는 칠십 년 대신 사십팔 시간, 아니면 달랑 칠십 시간이나 칠십이 시간일지도 몰라. 하루가 이십사 시간이니 꽉 찬 사흘은 칠십이 시간이 되거든."

"그래서 만약 네 삶의 칠십 년을 칠십 시간으로 맞바꾼다 해도, 난 지금 그럴 만한 가치가 있고 또 그 사실을 알게 되어 행운인 거야. 그리고 만약 긴 인생 같은 그런 것도 없고 여생도 없고 지금 뿐이라면, 바로 지금이야말로 찬양해야 할 것이고 나는 그걸로 아주 행복해."

로버트 조던은 작전을 수행하기까지 남은 70시간과 자신의 70년 인생을 동일시하고 있습니다. 그만큼 그에게는 자신의 인생을 걸고 하는 막중한 일이라는 게 느껴집니다. 그런데 로버트 조던의 혼잣말을 보면 모든 인생을 70시간으로 바꾼다 해도 그럴 만한 가치가 있다고 말합니다.

이것이 과연 다리 폭파를 의미할까요? 초반엔 그랬을지 모릅니다. 하지만 이런 극도의 긴장에 억눌려 70시간을 버틴다는 것은 어려운 일입니다. 헤밍웨이는 이 압박 속에서 그에게 짧고 강렬한 행복감을 선사하기 위해 마리아라는 여성을 등장시킵니다.

"누군가를 사랑하는 것에 대해 결코 스스로를 속이지 마. 대부분의 사람은 사랑을 해 볼 만큼 운이 좋지 않다고. 너도 전에는 누군가 사랑해 본 적 없다가 이제야 겨우 해 보게 되었잖아. 마리아와 함께하는 게 오늘 하루와 내일의 일부뿐이든 아니면 아주 오랫동안 지속되든, 그건 인간에게 일어날 수 있는 가장 중요한 일이야."

헤밍웨이는 로버트 조던이 시간을 밀도 있게 쓴 결과로 다리 폭파라는 목표 달성했다는 사실을 가뿐히 넘어서는, 어쩌면 인류에게 가장 높은 이상적인 가치인 사랑을 설정합니다. 헤밍웨이는 지구 최고의 이야기꾼으로서 사랑만큼 세상 모든 이에게 감동을 주는 주제는 없다는 것을 알았습니다. 아무도 이의를 달 수 없는 가치이죠.

로버트는 30년 넘게 살아 온 동안 알지 못했던 완벽한 사랑을 긴박한 70시간에 경험한 것입니다. 시간이 극도로 짧았기 때문에 더욱 애틋하고 애절하게 느껴집니다. 물론 70시간이 지난 뒤 다리가 폭파되고 로버트는 결국 목숨을 잃게 되지만, 이것은 상실이나 죽음이 아닌 새로운 탄생이 됩니다. 인생과 맞바꾼 70시간으로 그는 마리아의 마음속에서 영원히 살아 숨 쉬는 사랑을 얻었거든요.

마음을 열고 진짜 가치를 찾아라

로버트 조던은 다리 폭파의 임무를 맡고 함께 작전을 수행하게 된 게릴라들 사이에서 아름다운 집시 여인인 마리아를 알게 됩니다. 마리아는 파시스트들에게 끔찍한 일을 당한 참혹한 상처를 지닌 여인입니다. 그 상처의 양동이는 너무나 커서 무엇으로도 채울 수 없을 정도로 깊고도 심하지만, 로버트 조던을 만나 순수함을 되찾고 이를 치유합니다. 로버트 조던은 그의 모든 상처를 끌어안아 주고 70시간을 70년처럼 강렬한 밀도로 보내게 됩니다.

> "오늘 처음 만났을 때부터 당신을 사랑했어요. 예전에 당신
> 을 만난 적이 없었을 뿐 항상 당신을 사랑해 왔어요."

로맨틱한 표현이네요. 첫 눈에 좋았다는 말도 그렇지만, 그동안 만난 적이 없었을 뿐 만나기 전부터 사랑했다는 표현은 정말 문학적입니다. 마리아를 구해내 보살피고 있는 필라르 역시 마리아에게 "끔찍한 기억은 자신이 받아들이지 않으면 없었던 일이 된다. 누군가를 사랑하면 깨끗이 사라진다"라는 인상적인 말을 남깁니다. 마리아는 그 믿음을 부여잡고 로버트 조던을 만

나 상처 없는 사람으로 새로 태어난 겁니다.

전쟁은 증오의 현장입니다. 살인이라는 끔찍한 일을 공공연하게 자행해야 할 만큼 적이라는 이유만으로 증오합니다. 그를 죽이지 않으면 내가 죽게 되니까요. 전쟁만큼 증오로 점철된 현장도 없겠지요. 그렇기 때문에 헤밍웨이는 혐오와 증오와 반대되는 사랑을 강렬한 대비로 집어넣은 것입니다.

"우리는 알아야 할 것들을 얼마나 모르고 있는 거지? 나는 오늘 죽는 대신 오래 살고 싶어. 평생 배운 것보다도 이 나흘 동안 삶을 더 많이 배웠기 때문이야. 난 진정한 앎을 위해 노인이 되고 싶어. 인간이란 계속 끝없이 배우는 걸까 아니면 각자 이해할 수 있는 정해진 양이 있는 걸까? 난 아무것도 모르면서 많이 알고 있다고 생각했어. 좀 더 시간이 있었으면 좋겠는데."

지난 70시간 동안 70년만큼의 지혜를 깨달으면서 로버트 조던은 삶이 무척 즐겁다는 걸 깨닫습니다. 파시스트를 혐오하던 단순한 이념주의자에서 남녀 간의 사랑, 같은 목표를 공유하는 동료들과의 인류애를 발견하면서 인생을 보는 시각이 달라진 것입니다. 무엇보다 '아무것도 모르면서 많이 알고 있다고 생각했어'라는 구절은 아마도 우리 모두에게 해당될 겁니다.

가장 심각한 상태의 무지는 자신이 모른다는 사실조차 모르는 것입니다. 하지만 의외로 많은 사람이 이렇게 살아갑니다. 실제로 단순히 모를 수도 있고 또는 알면서도 모른 채 살아갈 수도 있습니다. 정해진 양밖에 이해하지 못하는 사람도 존재합니다. 마음을 닫고 편견에 가득 찬 사람은 일생을 살아도 당연히 아주 적은 양만을 배울 것입니다.

목숨이 1초씩 줄어가는 듯한 상황에서 우릴 구원하는 것은 사랑입니다. 헤밍웨이는 사랑과 죽음이야말로 자신이 가장 중요하게 생각하는 주제이며, 소설을 흥미진진하게 만드는 딱 두 가지를 꼽자면 바로 사랑과 죽음이라고 강조했습니다. 그의 이 말에서 모든 고전문학 주제의 의문이 풀립니다.

헤밍웨이는 촉각이 곤두설 정도로 날카롭고 강력한 시간의 밀도에 다른 무엇이 아닌 사랑을 대입해 보여 주었습니다. 심지어 로버트 조던은 시간이 지나면서 자신이 맡은 임무와 공화국에 대한 이상보다도 마리아가 가치 있게 느껴지고, 자유와 존엄성을 사랑하듯이 마리아를 사랑합니다. 마리아가 있었기에 내일 죽더라도 운이 좋았다고 얘기합니다.

사람은 시간이 얼마 남지 않았다는 것을 깨닫기 전까지는 자신에게 가장 중요한 가치를 깨닫기 어렵습니다. 미리 안다면 로버트 조던처럼 삶을 끝내기 전에 아쉬움이 남지 않을 텐데요. 그런데 우리의 인생은 전부 유한합니다. 영원히 사는 사람은 없거든요. 그러니 뒤로 미루지 말고 지금 당장 자신에게 가장 중요한 가치를 찾아보세요. 우리 모두 각자 가치관에 따라서 매일매일 아주 풍요롭게 보낼 수 있는 방법이 있을 거예요.

서로 돕는 인생이
아름답다

서로 돕지 않으려면 왜 태어났겠어?
다른 이의 애길 듣고도 아무 말도 해 주지 않는다는 건
정말 냉정한 거야.

For what are we born if not to aid one another?
And to listen and say nothing is a cold enouph aid.

《당신이 옳다》라는 책이 있습니다. 주변 사람을 어떻게 대하고 있었는지 스스로를 돌아볼 수 있는 책이지요. 무엇보다 이 책에서 가장 중요하게 언급한 것은 상대방의 감정에 '공감'해야 한다는 것이었습니다. 사람의 감정은 항상 옳으며 설령 누군가를 죽이거나 부수고 싶은 감정이 들어도 그 감정은 옳다고 말합니다. 그 마음이 옳다는 걸 누가 알아주기만 해도 부술 마음도 죽이고 싶은 마음도 없어진다고요.

누군가 고민을 털어놓았을 때 기계적으로 "힘들었겠다"라고 하는 말은 안 하느니만 못한 것입니다. 심지어 "나는 더 힘들었다"라며 상대방의 고통을 깎아 내리는 경우마저 있지요. 우리는 보통 억울함, 외로움, 질투, 분노 같은 감정이 올라올 때 '내가 왜 이렇게 화가 났지? 이러면 안 되는데…', '내가 왜 이렇게 불안하지? 이러면 안 되는데…'라며 자신의 감정을 부정합니다. 하지만 모든 감정은 이유가 있기 때문에 생겨났고, 따라서 모든 감정은 옳습니다.

감정 자체는 아무 문제가 없습니다. 감정은 존재하는 이유이자 핵심이기도 합니다. 감정에 뒤따른 행동은 별개이지만요. 감정을 인정해 주고 옳다고 다독여 보세요. 반대로 생각해서 누군가의 인생을 돕는다는 것은 의외로 쉬워 보이기도 합니다. 그저 그의 감정에 포개어서 나도 그 감정을 긍정해 주면 되는 거니까요. 당신의 그 감정은 옳다고 공감해 주면 되는 것입니다.

존재가 따뜻한 집중을 받고 감정을 이해 받은 사람은 설명할 수 없는 안정감을 가집니다. 이는 스스로도 해 줄 수 있고, 또 상대방에게 해 주면서 누군가의 인생을 구원할 수도 있는 것입니다.

그 종은 그대를 위하여 울리는 것이다

"누구나 다른 사람과 얘기할 필요가 있어. 예전엔 종교나 다른 터무니없는 것이 있었지만, 지금은 누구나 솔직히 터놓고 얘기할 사람이 꼭 필요하단 말이야. 사람이 가질 수 있는 모든 용기를 가진 자라도 무척 외로워지니까 말야."

헤밍웨이는 성장형 작가로, 첫 소설 이후 작품의 출간을 거듭하면서 인생의 가치관도 변하고 더욱 성숙한 세계관으로 발전해 나가는 것을 보여 줍니다. 그것을 가장 확연히 느낄 수 있는 작품이 바로 《누구를 위하여 종은 울리나》입니다.

이전 소설까지 헤밍웨이는 보통 개인의 비극을 많이 다루었습니다. 전쟁이라는 소재를 사용하더라도 그 시대를 겪는 개인의 아픔이나 허무함을 다루었고, 어떤 면에서는 삶을 바라보는 시각이 부정적이기도 했지요. 모든 인간은 죽음을 향해 달려가고 '삶은 어차피 각자도생이다'라는 다소 비관적인 무드가 작품 전체에 깔려 있었습니다.

하지만 이 작품을 기점으로 작가의 성숙하게 변한 시각을 명확히 느낄 수 있습니다. 이 소설은 개인보다 공동체의 연대를 강조합니다. 사회에서 살아가는 개인이 아니라 주변인과 사회를 모두 바라보는 시각으로 바뀌지요. 소설의 제목을 빌려온 영국의 시만 보더라도 알 수 있습니다.

헤밍웨이는 이 소설의 제목을 17세기 영국 목사였던 존 던의 시에서 가져왔습니다. 성공회 사제로서 가난, 죽음 등을 겪은 사유를 시로 표현한 것입니다.

"어떤 이도 홀로는 온전한 섬이 아니다.
모든 사람은 대륙의 한 부분, 본토의 일부이니.
흙 한 줌이 바닷물에 씻겨 내려가면 한 곳이 씻겨 나가듯이,
친구나 그대의 영토가 씻겨 나가듯이,
유럽 땅도 그만큼 줄어든다.
누가 죽더라도 그만큼 나를 줄어들게 한다.
나는 인류에 속해 있기 때문이다.
그러니 누구를 위하여 종은 울리나 알기 위해
사람을 보내지 마라.
그 종은 그대를 위하여 울리는 것이다."

여기에서 볼 수 있듯이 헤밍웨이는 이 세 번째 소설에 이르러 개인 간의 유대나 남녀 간의 사랑이 아닌 사회로 확장되는 연대를 얘기하고 있습니다. 사회의 일부로서 누군가의 죽음이 그 사

람 한 명에 국한된 일이 아니라 바로 나, 그리고 인류에 속한 것이라 말하고 있죠. 제1차 세계 대전 이후, 스페인 내전을 겪으며 계속되는 전쟁의 참상을 직접 겪은 헤밍웨이는 '서로'의 개념을 이 소설에 가져오며 작가로서 한 단계 더 성장했습니다.

게릴라군의 우두머리인 파블로의 배우자 필라르는 입이 거칠어 날카로운 말과 욕을 많이 하는 등장인물이지만, 마음속엔 깊은 의리와 배려를 지니고 있는 사람이기도 합니다. 로버트 조던과 함께 작전을 수행할 게릴라들 중에는 파시스트들에게 가족을 잃은 집시들도 많았습니다.

필라르는 호아킨에게 그의 이야기를 묻지요. 호아킨은 파시스트들이 아버지, 어머니, 매부, 누나들까지 전부 총살한 마음 아픈 이야기를 들려줍니다. 어머니는 생애 처음으로 투표한 것이었는데 좌익에 투표했다는 이유로 총살당하고, 매부는 그저 생계로 전차 운전을 하기 위해 할 수 없이 운전 조합에 가입했는데 그 때문에 총살당했죠. 누나들은 정말로 매부들이 있는 곳을 몰랐지만 그걸 말하지 않는다고 총살당합니다.

호아킨은 자기 말고도 이런 고통을 겪은 사람이 많은데다 당시 이야기를 듣고 있던 마리아의 경우에는 자신보다 더 끔찍한 일을 당한 걸 알고 있었습니다. 주변인의 트라우마를 자극하지 않기 위해 이런 얘길 꺼내지 않는 것이 낫다고 생각합니다. 하지만 필라르는 털어놓으라고 다독입니다. 그것이 서로 돕는 길이라 얘기하면서요. 게릴라들은 다 같이 너덜너덜한 전쟁의 상처를 지닌 입장이지만 그 와중에도 더 상처받은 상대방을 배려하는 모습들이 찡하게 느껴집니다.

가족 중 혼자 남은 호아킨에게 필라르는 우리 모두 가족이라 얘기하고 로버트 조던 역시 우리 모두 형제라고 보듬어 줍니다. 호아킨이 울먹이며 감사해 하는 모습은 참으로 마음이 따뜻해집니다. 누군가의 상처 가득한 이야기를 마음 열고 진심으로 공감하며 들어주는 것만으로도 하나의 가족이 될 수 있다는 사실이 위대하게 느껴지기도 합니다.

그렇다면 이 공동체를 살아가며 남을 확실하게 도울 수 있는 또 하나는 무엇일까요? 헤밍웨이는 다음과 같은 대사를 넣는데, 이는 작가의 목소리라 봐도 무방할 것입니다. 로버트 조던은 게릴라 대원인 아구스틴과 대화를 하다가 남을 위해 할 일이 별로 없다는 아구스틴의 말에 반박합니다.

"정말이지 사람이 다른 이를 위해 해 줄 수 있는 일은 거의 없지."

"아뇨. 많아요."

"뭔데?"

"'오늘과 내일 전투가 어떻게 흘러가든 날 믿어 주고, 비록 명령이 잘못된 것으로 드러날지라도 명령에 따르는 거요.'"

그렇습니다. 바로 무한한 신뢰입니다. 당신을 확신한다는 믿음만큼 든든하고 힘이 되는 것이 또 있을까요?

이 긴 소설에서 가장 압권은 마지막 장에서 로버트 조던이 죽는 장면입니다. 장장 책 두 권의 분량에 걸쳐 쌓아온 독자의 공감대는 마지막 장에서 모두 폭발합니다.

로버트 조던은 여러 어려움 끝에 결국 다리를 폭파합니다. 하지만 말을 타고 퇴각하는 과정에서 적의 공격 때문에 말이 쓰러지면서 다리가 깔립니다. 로버트 조던은 다리뼈가 드러난 채 신경이 끊어진 것을 보고 동지들과 함께 퇴각이 불가능하다는 것을 직감적으로 알아차립니다. 그는 사랑하는 마리아와 동지들을 설득해 떠나보냅니다. 자신 때문에 후퇴 중인 그들의 시간이 지체되어서는 안 되기 때문이죠.

이제는 적들이 곧 자신을 발견할 것이고, 그들에게 붙잡혀 고문을 견디는 것은 최악입니다. 여기서 자살을 할지, 아니면 부상당한 채로 적에게 죽임을 당할지의 처참한 선택밖에는 남지 않은 상황입니다.

"각자 할 수 있는 일을 하는 거야. 스스로를 위해서는 할 게 없을지라도 남을 위해서는 뭔가 할 수 있어."

죽음을 직감한 상황에서 로버트 조던의 결심이 비장합니다. 그는 실제로 부상당해 땅바닥에 널브러진 자신의 넓적다리를 위해 아무것도 해 줄 것이 없습니다. 치료를 할 수도 없고 도망갈 수도 없습니다. 하지만 그는 울며불며 헤어지지 않겠다는 마리아를 조용히 타일러 안전히 퇴각하도록 도왔고, 이제는 자신의 동료들이 조금이라도 더 안전거리를 확보할 수 있도록 적군을 한 명이라도 더 처치할 계획을 세웁니다. 그것이 그들을 돕는 것이니까요. 정말이지 장엄하고 숭고한 희생정신입니다.

누군가의 편이 되어 주어라

최근 우울증을 호소하는 사람들이 점점 많아지고, 우울증이 하나의 유행처럼 되었다는 표현의 '패션 우울증'이라는 웃지못할 단어까지 생겨났습니다. 우울증은 많은 사람이 생각하듯이 축 처져 있거나 울기만 하는 것이 아니라 웃기도 하는 등 다양한 양상으로 표현됩니다. 하지만 그 바닥에는 '이해 받지 못한다'라는 깊은 고통 위에, 도움을 청하기 힘들다는 심리까지 자리하고 있습니다. 이 전쟁터 같은 현실에서 '내 편'이 없다는 사실은 정말로 지하 깊은 바닥에 혼자 있는 느낌일 것입니다.

인간은 다양한 관계를 맺으며 살아갑니다. 혼자서 살아간다고 생각하는 순간에도 결국엔 가족, 회사, 학교 등 어딘가에는 반드시 속해 있습니다. 그 가운데 단 한 명만 나를 온전히 알아주고 믿어 주어도 살아갈 힘이 생깁니다.

이해와 신뢰는 섬과 육지, 즉 개인과 사회를 잇는 끈끈한 접착제가 됩니다. 로버트 조던은 섬이었지만 강한 섬이었고, 또한 그가 속한 육지인 게릴라와 마리아, 나아가서는 공화국 정부와 스페인을 살리는 섬이었습니다.

우리는 누구나 섬일 때도 있고 육지일 때도 있습니다. 그러니 어떤 경우에도 따뜻한 신뢰를 심어 보세요. 치유의 능력이 있는 신뢰와 배려는 작은 것부터 시작됩니다. 힘든 이의 말을 경청해 주고 감정에 공감해 주는 것으로 시작해 무한한 신뢰를 보낸다면 서로 돕고 사는 사람과 사람의 힘을 느낄 수 있을 것입니다.

누구나 어릴 때는 스스로 반짝인다고 생각합니다. 내가 찬란하고 인생의 주인공인 줄 압니다. 하지만 어느 순간 돌이켜보면 내가 반짝인 것은 나를 빛나게 해 주는 누군가가 옆에 있었기 때문인 걸 알게 되지요. 스스로 빛을 뿜었던 게 아니라 나를 응원하는 부모님, 나를 믿어 준 친구와 같은 이들이 아낌없이 빛을 보내 준 덕분입니다.

반대로 나도 누군가에게 빛을 보내 그 사람이 반짝이게 만들어 줄 수 있습니다. 돈이 드는 것도 아니고 노동이 드는 것도 아닙니다. 무척 쉬워 보이는데 또한 어려운 것이지요. 오늘부터는 사랑하는 주변 사람부터 온전히 믿고 응원해 보기를 바랍니다.

"내가 좋아하는 냄새는 이거야. 막 꺾은 클로버, 네가 탔던 소에게 밟힌 세이지 허브, 장작 타는 냄새, 가을 낙엽 태우는 냄새. 그건 분명 향수의 냄새야. 미줄라의 가을날, 나무 낙엽더미를 태우는 연기 냄새. 넌 어느 게 더 좋을까? 인디언들이 바구니를 만들 때 쓰는 잔디? 훈제 가죽? 봄비 내리고 난 뒤 흙냄새? 갈리시아 곶 벼랑에서 덤불을 헤치고 걸을 때 나는 바다 냄새? 아니면 어둑어둑한 무렵 쿠바에 가까워져 올 때 육지에서 불어오던 바람? 그건 선인장 꽃과 미모사, 가시 솔나무 향기였어. 아니면 아침 배고플 때 베이컨 굽는 냄새가 더 좋을까? 아니면 아침 커피? 아니면 한 입 베어 문 조너선 사과? 사과주스 공장에서 사과 갈아 만드는 냄새? 오븐에서 갓 구워 낸 빵 냄새?"

This is the smell I love. This and fresh cut clover, the crushed sage as you ride after cattle, wood- smoke and the burning leaves of autumn. That must be the odor of nostalgia, the smell of the smoke from the piles of raked leaves burning in the trees in the fall in Missoula. Which would you rather smell? Sweet grass the Indians used in there baskets? Smoked leather? The odor of the ground in the spring after rain? The smell of the sea as you walk through the gorse on a headland in Galicia? Or the wind from the land as you come in toward Cuba in the dark? That was the odor of cactus flowers, mimosa and the sea-grape shrubs. Or would you rather smell frying bacon in the morning when you are hungry? Or coffee in the morning? Or a Jonathan apple as you bit into it? Or a cider mill in the griding, or bread fresh from the oven?

생각할수록 모든 훌륭한 사람들은 하나같이 유쾌했다. 유쾌한 편이 훨씬 나았고 또한 그것은 어떤 징표이기도 했다. 그건 마치 아직 살아 있을 때 영원히 죽지 않을 것 같은 징표였다.

All the best ones, when you thought it over were gay. It was much better to be gay and it was a sign of something too. It was like having immortality while you were still alive.

"그러니까 이제는 걱정하지 마. 네가 갖고 있는 걸 챙겨. 그리고 맡은 일이나 해. 그러면 넌 긴 인생을, 아주 즐거운 인생을 보낼 거야."

So now do not worry, take what you have, and do your work and you will have a long life and a very merry one.

"네가 반드시 해야 할 일을 생각하는 것과 걱정하는 것은 별개야. 걱정하지 마. 걱정하면 안 돼. 넌 네가 해야 할 일을 잘 알고 있고, 어떤 일이 일어날지도 알고 있어. 틀림없이 그 일이 일어날 거야."

It is one thing to think you must do and it is another thing to worry. Don't worry. You mustn't worry. You know the things that you may have to do and you know what may happen. Certainly, it may happen.

"안 돼. 화 내지 마. 화내는 건 겁내는 것만큼 해롭거든."

No. Don't get angry. Getting angry is as bad as getting scared.

"넌 받아들이고 싸워야 해. 지금 프리마 돈나인 척 구는 짓은 그만둬. 방금 전까지 그랬듯이 눈이 온다는 사실을 받아들여. 그다음 할 일은 집시를 만나 영감을 찾아내는 거야. 하지만 눈이라니! 지금 이 5월에…. 신경꺼. 신경 끄고, 받아들여."

You must take it and fight out of it and now stop prima donna-ing and accept the fact that it is snowing as you did a moment ago and the next thing is to check with your gipsy and pick up your old man. but to snow! Now in this month. Cut it out, he said to himself, Cut it out and take it.

"맙소사, 내가 화를 이겨 내다니 기쁘군. 그것은 마치 폭풍우 속에 갇혀 숨쉬기 힘든 것과 같거든. 화내는 건 감당할 수 없는 또 하나의 빌어먹을 사치일 뿐이야."

God, I'm glad I got over being angry. It was like not being able to breathe in a storm. That being angry is another damned luxury you can't afford.

"지금 외에는 아무 것도 없어. 어제라는 것도 없고, 당연히 내일이라는 것도 없지. 그걸 알려면 몇 살이나 먹어야겠어? 지금만 존재할 뿐이야. 만약 그 지금이 겨우 이틀뿐이라면, 그 이틀이 네 모든 인생이고 그 속의 모든 것은 비율로 존재하거든."

There is nothing else than now. There is neither yesterday, certainly, nor is there any tomorrow. How old must you be before you know that? There is only now, and if now is only two days, then two days is your life and everything in it will be in proportion.

"어쩌면 이것이 지금 내가 삶에서 얻을 수 있는 걸 거야. 어쩌면 이것이 내 삶이고, 내 삶의 연수는 칠십 년 대신 사십팔 시간, 아니면 달랑 칠십 시간이나 칠십이 시간일지도 몰라. 하루가 이십사 시간이니 꽉 찬 사흘은 칠십이 시간이 되거든."

Maybe that is what I am to get now from life. Maybe that is my life and instead of it being threescore years and ten it is forty-eight hours or just threescore hours and ten or twelve rather. Twenty-four hours in a day would be threescore and twelve for the three full days.

"그래서 만약 네 삶의 칠십 년을 칠십 시간으로 맞바꾼다 해도, 난 지금 그럴 만한 가치가 있고 또 그 사실을 알게 되어 행운인 거야. 그리고 만약 긴 인생 같은 그런 것도 없고 여생도 없고 지금 뿐이라면, 바로 지금 이야말로 찬양해야 할 것이고 나는 그걸로 아주 행복해."

So if your life trades seventy years for seventy hours I have that value now and I am lucky enough to know it. And if there is not any such thing as a long time, nor the rest of your live nor from now on, but there is only now, why then now is the thing to praise and I am very happy with it.

"누군가를 사랑하는 것에 대해 결코 스스로를 속이지 마. 대부분의 사람은 사랑을 해 볼 만큼 운이 좋지 않다고. 너도 전에는 누군가 사랑해 본 적 없다가 이제야 겨우 해 보게 되었잖아. 마리아와 함께하는 게 오늘 하루와 내일의 일부뿐이든 아니면 아주 오랫동안 지속되든, 그건 인간에게 일어날 수 있는 가장 중요한 일이야."

Don't ever kid yourself about loving someone. It is just that most people are not lucky enouph ever to have it. You never had it before and now you have it. What you have with maria, whether it lasts just through today and a part of tomorrow, or whether it lasts for a long life is the most important thing that can happen to a human being.

"오늘 처음 만났을 때부터 당신을 사랑했어요. 예전에 당신을 만난 적이 없었을 뿐 항상 당신을 사랑해 왔어요."

I loved you when I first saw you. I've always loved you, but I never saw you before.

"우리는 알아야 할 것들을 얼마나 모르고 있는 거지? 나는 오늘 죽는 대신 오래 살고 싶어. 평생 배운 것보다도 이 나흘 동안 삶을 더 많이 배웠기 때문이야. 난 진정한 앎을 위해 노인이 되고 싶어. 인간이란 계속 끝없이 배우는 걸까 아니면 각자 이해할 수 있는 정해진 양이 있는 걸까? 난 아무것도 모르면서 많이 알고 있다고 생각했어. 좀 더 시간이 있었으면 좋겠는데."

How little we know of what there is to know. I wish that I were going to live a long time instead of going to die today because I have learned much about life in these four days; more, I think than in all other time. I'd like to be an old man to really know. I wonder if you keep on learning or if there is only a certain amount each man can understand. I thought I knew so many things that I know nothing of I wish there was more time.

"누구나 다른 사람과 얘기할 필요가 있어. 예전엔 종교나 다른 터무니없는 것이 있었지만, 지금은 누구나 솔직히 터놓고 얘기할 사람이 꼭 필요하단 말이야. 사람이 가질 수 있는 모든 용기를 가진 자라도 무척 외로워지니까 말야."

Every one needs to talk to some one. The woman said, Before we had religion and other nonsense. now for every one there should be some one to whom one can speak frankly, for all the valor that one could have one becomes very alone.

"정말이지 사람이 다른 이를 위해 해 줄 수 있는 일은 거의 없지."
"아뇨. 많아요."
"뭔데?"
"오늘과 내일 전투가 어떻게 흘러가든 날 믿어 주고, 비록 명령이 잘못된 것으로 드러날지라도 명령에 따르는 거요."

"Truly, there is little one man can do for another."
"No. there is much."
"What?"
"No matter what passes today and tomorrow in respect to combat, give me thy confidence and obey even though the orders may appear wrong."

3장

상처 입은 곳으로
빛이 스며든다

무기여 잘 있거라

무기여 잘 있거라

A Farewell to Arms

1929년 9월, 헤밍웨이는 세계적인 베스트셀러가 된 소설《무기여 잘 있거라》를 출간합니다. 이 시점은 미국 작가의 세대교체가 이루어진 중요한 시기로,《톰 소여의 모험》,《허클베리 핀의 모험》을 쓴 마크 트웨인 등을 뒤이어 윌리엄 포크너, 헤밍웨이, 스콧 피츠제럴드 등이 등장했습니다.《무기여 잘 있거라》의 출간과 동시에, 헤밍웨이는 경제적인 자유도 이루고 나이 서른에 미국 문학의 대가로 올라서게 됩니다.

《무기여 잘 있거라》는 전쟁이라는 극한의 참상과 절절하고 아름다운 사랑 이야기의 선명한 대비가 돋보이는 작품입니다. 이 작품의 주인공인 미국인 이탈리아군 장교 프레데릭 헨리와 스코틀랜드 출신 간호사 캐서린 바클리는 야전병원의 수송 장교와 자원봉사 간호사로 만납니다. 프레데릭은 감정적인 결핍을 지니고 있고 사랑을 믿지 않는 남자입니다. 반면에 캐서린은 남자에게 헌신하고 진심으로 마음을 내어 주는 여자입니다. 프레데릭은 처음에 캐서린과의 연애를 게임이라 여길 뿐 그이상도 이하도 아니었습니다. 프레데릭의 대사로 "신은 내가 그녀와 사랑에 빠지고 싶어 하지 않았다는 걸 아신다. 나는 어느 누구와도 사랑에 빠지고 싶지 않았다"라는 구절이 나오기도 합니다.

하지만 프레데릭의 눈앞에서 박격포가 터지면서 대원을 한 명 잃고 본인도 다리를 쓸 수 없을 정도로 다치게 되어 병원에 입원하면서부터는 이야기가 달라집니다. 수술을 받고 살아난 프레데릭은 그때부터 착하고 헌신적인 캐서린과 진실한 사랑을 나누게 됩니다.

《무기여 잘 있거라》는 마치 한 편의 영화처럼 전쟁의 참혹한 장면, 가슴이 조마조마해지는 탈영 장면, 두 젊은 연인이 스위스로 도피하여 애정을 나누는 아름다운 장면 등이 겹치며 흘러갑니다. 그러나 처음 출간되었을 때는 욕설이 너무 많이 나오고, 캐서린과 프레데릭이 결혼하지 않은 채로 아이를 낳는 등 도덕적인 문제가 불거져서 판매가 중단될 뻔하기도 했습니다. 실제로 몇몇 나라에서는 금서로 지정되기도 했지요.

그러나 초판이 나온 뒤 담당 편집자는 헤밍웨이에게 '날개 돋친 듯' 팔리고 있다고 얘기했고, 실제로 초판만 약 4만 부 넘게 나갔습니다. 미국이 대공황의 여파로 역대급 불황에 시달릴 때도 헤밍웨이의 소설들은 다음 해까지 약 8만 부 이상 팔려 나갔으니 얼마나 인기가 좋았는지 알 수 있습니다.

누군가는 이미 알고 있는
가치를 깨달아라

그는 항상 내가 모르는 것들과
배웠어도 잊어버린 것들까지 알고 있었다.
그때는 몰랐지만 나중에야 그 사실을 깨달았다.

He had always known what I did not know
and what when I learned it, I was always able to forget
but I did not know that then, although I learned it later.

얼마 전 따뜻한 뉴스가 있었습니다. 미국의 가수 테일러 스위프트의 이야기입니다. 그가 한 투어에서 공연하던 중 신고 있던 구두의 굽이 부러지는 사고가 발생합니다. 이때 스위프트는 부러진 굽을 관객들에게 던졌고, 한 관객이 맨 앞줄에서 이 기념품을 받게 됩니다. 팬이라면 평생 기억에 남을 순간입니다.

하지만 공연이 끝난 뒤 이를 경매에 내놓기로 하자 온갖 악플이 빗발치게 됩니다. 이 팬은 어쩔 수 없이 경매금으로 몇 주 전

암 진단을 받은 사촌의 치료비를 보탤 것이라 밝히게 됩니다. 이런 안타까운 사연을 알게 된 스위프트의 팬들이 그를 위해 모금을 시작합니다. 이 모금 운동을 스위프트에게 구두를 제작해 주었던 브랜드에서도 알게 되고, 해당 디자이너는 이 관객에게 직접 쓴 편지를 통해 치료비 전액을 지불하겠다는 의사를 밝혔습니다.

이 놀라운 이야기는 우리에게 국경을 초월한 공감대과 사랑의 위대함을 전합니다. 물론 스위프트의 영향력도 대단하지만, 스스로 모금 운동을 벌인 팬들의 행동은 지구상의 보편적인 인류애를 보여 준 중요한 순간이라 볼 수 있습니다.

소중한 존재가 채워 주는 인생의 의미

전쟁터에서 장교로 복무하는 프레데릭은 의미 없이 시간을 때우는 삶을 살고 있습니다. 무의미한 희생이 가득한 전쟁을 일으킨 사회를 향한 혐오는 어느새 무관심이 되었습니다. 일부러 밀폐되고 담배연기 자욱한 카페를 찾아 밤마다 술에 취하고, 잠에서 깼을 때 옆에 누군지 모르는 여자가 누워 있는 느낌이 좋고, 어둠 속 세상은 현실로 느껴지지 않는 남자입니다. 게다가

환한 낮보다 오히려 이런 밤이 최선이라고 세뇌하면서 매일 그런 일과를 반복합니다. '인간에게 중요한 무언가를 어딘가에 떨어트리고 온 듯한' 주인공이지요.

초반부터 이 프레데릭의 주위에 한 신부님이 등장합니다. 신부님은 항상 프레데릭이 모르는 것을 알고 있고, 알았지만 잊어버린 것도 일깨워 줍니다. 과연 그건 무엇일까요? 헤밍웨이는 이것이 어떤 것이라고 딱 꼬집어 말하지 않습니다. 프레데릭 역시 그때는 몰랐지만 나중에야 그 사실을 깨달았다고 말할뿐 명확하게 어떤 것이라고 밝히지 않는데, 이 작품을 마지막까지 읽다 보면 아마 '사랑'이 아닐까 해석하게 됩니다.

훗날 프레데릭이 박격포 사고로 다리를 크게 다치고 난 뒤 신부님을 다시 만났을 때의 대화를 읽어 보면 이런 추측이 조금 더 명확해집니다. 이때에도 프레데릭은 일말의 망설임도 없이 "전 사랑 같은 거 안 합니다"라고 말합니다. 하지만 그에 돌아오는 신부님의 대답은 "아뇨, 해야 해요. 중위님이 수많은 밤을 보낸 곳엔 사랑이 없었죠. 거긴 열정과 욕망뿐이에요. 사랑을 하면 무언가를 베풀고 싶고, 희생을 하고 싶고, 우러러보고 싶어지는 거예요"라고 말합니다. 대화는 다음과 같이 이어집니다.

"저는 사랑 같은 건 안 할 겁니다."

"하게 될 거예요. 전 그렇게 믿어요. 그러면 중위님도 행복해질 걸요."

"전 지금도 행복해요. 안 행복했던 적은 한 번도 없었어요."

"그런 행복 말고요. 제가 말하는 행복은 겪기 전엔 모르는 그런 행복입니다."

이 뒤에 이어지는 대화에서 신부님이 말하는 것은 꼭 이성 관계만이 아니라 어머니, 하느님 등 보편적인 사랑, 그리고 '베푸는 사랑'과 '주는 사랑'인 것을 알 수 있습니다. 이후 프레데릭은 다친 몸으로 캐서린을 다시 만나게 되고, 그때부터 진짜 사랑에 눈 뜨게 됩니다. 희생과 헌신, 무언가 주고 싶은 사랑을 말이지요.

늘 어두컴컴한 실내에 갇혀 그것이 최선이라 믿는 나날을 보내던 프레데릭은 사랑에 눈뜨고 비로소 바깥 세상을 즐깁니다. 임무를 수행하다가 의도치 않게 탈영하게 된 이후 캐서린과 스위스로 도피해 둘만의 행복한 시간을 보낼 때를 보면 늘 야외로 나가 햇볕과 바람, 눈과 호수를 만끽하며 산책합니다. 헤밍웨이는 일부러 연기 매캐한 실내와 스위스의 아름다운 풍광을 대치하며 프레데릭의 심리의 변화를 알려 주고 있습니다.

사랑을 믿지 않던 프레데릭은 캐서린에게 다음과 같은 말을 듣습니다.

"당신이 내 종교예요. 당신만이 내 전부예요."

또한, 소설 말미에서 인생에서 제일 소중하게 생각하는 게 뭐냐는 질문을 받은 프레데릭은 곧바로 "사랑하는 사람"이라고 대답합니다. 진정한 사랑을 받고 자신 또한 진실한 사랑을 주는 사람이 된 것입니다.

프레데릭은 전쟁터에 있었으니 더더욱 인생의 허무함과 삶의 무용함을 느꼈겠지만, 현대의 사회라고 크게 다를 것은 없습니다. 소설을 보면 프레데릭과 함께 구급차를 후퇴시키던 부하들이 겁에 질린 아군이 쏜 총을 맞고 허무하게 전사합니다. 적군이 쏜 총이 아니었던 겁니다. 헤밍웨이는 이토록 허무한 사회에서 중요한 한 가지를 말합니다. 바로 진실로 서로에게 공감하는 사랑입니다.

우리는 공감하며 삶을 완성해 간다

요즈음이야말로 그 어느 때보다 공감대가 중요한 시대가 되었습니다. 그러나 21세기 들어 전 세계적으로 공감대가 부족해지고 있다고 합니다. 이런 현상에 대해 많은 연구자가 독서의 부족을 한 가지 원인으로 꼽고 있습니다.

스티븐 핑커의 《우리 본성의 선한 천사》에 따르면, 인류는 원래부터 공감대가 많지는 않았습니다. 하지만 18세기에 공교육이 시행된 이후 상황은 변합니다. 문맹률이 높을 때는 소장하기도 힘들고 읽기도 어려웠던 책을 드디어 읽을 수 있게 된 겁니다. 인류는 책을 읽기 시작하면서 공감대를 형성하기 시작합니다. 책 속의 주인공의 감정에 이입하고 그 감정을 같이 나누면서요.

삶이 힘들 때 독서가 위로가 되는 이유도 여기에 있습니다. 책을 읽다 보면 어떤 구절을 읽었을 때 내가 생각하는 것과 똑같다고 생각할 때가 있습니다. 우리에게 가장 필요한 '나를 알아주는 것'을 책에서 만나는 것입니다. 그 공감을 바탕으로 무한한 위안을 받게 되고 다시 살아갈 힘을 얻게 되는 것이 책의 가장 큰 이점입니다.

사람마다 차이는 있겠지만, 책을 읽는 것이 공감대를 확장시키고, 단단한 내면을 형성하며, 타인을 향한 배려를 키우는 데 도움이 되는 것만은 사실입니다. 지금 당장 책을 읽는다고 신부님이 말한 '베푸는 사랑'과 '주는 사랑'이 단번에 생기지는 않을 겁니다. 하지만 읽은 책 한 권 한 권이 모여 천천히, 그리고 꼼꼼하게 우리의 삶을 변화시킬 것입니다.

무너진 바로 그곳에서
강해져라

이 세상은 모든 사람을 부서트리지만,
많은 사람은 그 부서진 곳에서 강해진다.

The world breaks every one
and afterward many are strong at the broken places.

인생을 살다 보면, 소위 '부서진다'라고 표현할 정도로 힘든 일을 겪게 될 때가 있습니다. 하지만 헤밍웨이는 《무기여 잘 있거라》를 통해 부서진 곳에서 오히려 사람이 더 강해진다고 말합니다. 이게 정말 가능한 일일까요?

전 세계에서 유명한 건축가들의 건물이 한데 모인 곳이 있습니다. 바로 독일의 '비트라 캠퍼스'라는 곳입니다. 비트라 캠퍼스는 명품 가구 브랜드 비트라의 가구들을 만드는 공장과 비트

라 디자인 미술관이 어우러진 장소를 캠퍼스처럼 꾸며 놓은 곳
입니다.

1981년, 번개 때문에 발생한 화재로 비트라의 생산 시설이 모
두 파괴되는 일이 있었습니다. 하루 전까지만 해도 수많은 직원
으로 붐볐던 곳은 폐허가 되어 버렸죠. 하지만 당시 오너였던
롤프 펠바움과 레이몬드 펠바움 두 사람은 당장의 생산 일정을
맞추기 위해 가건물을 세워 운영하는 방법을 택하지 않습니다.
오히려 새로운 계획을 짜고, 공장 부지를 하나의 건축 작품처럼
꾸미기로 한 것입니다.

이 프로젝트에는 안다 타다오, 프랭크 게리, 자하 하디드 등
세계적으로 유명한 건축가들의 작품이 즐비합니다. 그런데 놀
라운 것은 지금은 유명한 이 사람들이 유명해지기 전에 이미 그
들에게 건축을 의뢰했다는 점입니다. 이후 이들은 점점 유명세
를 타기 시작했고, 중요한 업적을 이룬 건축가에게 수여되는 건
축계의 노벨상인 '프리츠커 건축상'을 수상하게 되기도 합니다.

이와 함께 외려 1980~1990년대는 비트라의 역사에서 가장 눈
부시고 핵심이 되는 시기가 됩니다. 훗날 롤프는 한 인터뷰에서
비트라 캠퍼스는 재앙에서 비롯되었다고 회상했습니다. 돌이켜
보면 그 비극은 거의 행운이었다고 말합니다. 화재가 나지 않았
다면 기존 건물의 스타일을 유지했을 테고, 그렇다면 새로운 공

장의 마스터 플랜도 나오지 않았을 테니까요.

현재 비트라 캠퍼스는 세계적인 건축가들이 개성을 뽐내며 지은 건축물의 도시가 되었습니다. 스위스 바젤에 들를 때 반드시 보아야 할 필수 목록에 자리 잡은 곳이 되었고요. 비트라는 부서진 곳에 주저앉지 않고 그곳에서 더욱 강인해진 것입니다.

고통을 넘어서면 보이는 것들

박격포가 터지며 다리를 다친 프레데릭은 수술 후 캐서린과 꿈같은 시간을 보냅니다. 그의 머릿속은 온통 캐서린 뿐입니다. 그러나 목발을 짚고 걸을 수 있는 상태가 되자 3주의 요양 휴가 후 다시 전선으로의 복귀 명령이 떨어집니다. 이때 캐서린은 프레데릭에게 아이를 가졌다는 비밀을 조심스럽게 털어놓습니다.

이 장면에서 프레데릭에게 덫에 걸린 느낌이냐고 묻는 캐서린의 질문은 사실 헤밍웨이의 실제 경험입니다. 헤밍웨이는 첫 결혼에서 배우자 해들리가 아들을 임신했다고 말했을 때 덫에 걸린 느낌을 받았다고 지인에게 고백합니다.

당시 그는 소설가로 데뷔하지 못한 무명의 작가였고, 일하던 특파원직은 사표를 내고 직업도 없는 상태였습니다. 해들리가

받는 신탁 연금으로 빠듯하게 살아가고 있었기 때문에 임신과 출산은 제대로 된 책 출간 이후로 미루어 놓은 상태였습니다. 하지만 계획과 다르게 아이가 생긴 것입니다.

프레데릭 역시 같은 대답을 합니다. 하지만 캐서린이 이 말에 실망하자 자신이 한 말을 후회합니다. 프레데릭이 곧 캐서린을 향해 용감하다고 위로하자, 캐서린은 이렇게 말합니다.

> "용감한 사람은 똑똑하다면 이천 번도 죽어요. 그저 말하지 않을 뿐이죠."

전쟁 중이고, 계획에 없던 아이가 생겼고, 남자는 곧 전쟁터로 복귀해야 하는 상황입니다. 뱃속의 아이와 함께 혼자서 이 험난한 상황을 헤쳐 나가야 하는 캐서린은 얼마나 무서웠을까요? 본래 캐서린은 비가 오면 울음을 터트릴 정도로 연약한 캐릭터입니다. 하지만 프레데릭에 대한 사랑에 있어서는 어떤 상처나 고난이 있어도 감수하겠다는, 누구보다 용감한 모습을 보여 줍니다.

예술과 문학의 세계에서 한 획을 그은 작가들은 대부분 보통 사람으로서는 감내하기 힘든 고통을 겪은 사람이 많습니다. 위대한 예술작품이나 소설은 특히 작가가 가장 사랑하는 존재를 잃고 탄생한 케이스가 많습니다.

《레 미제라블》을 써낸 빅토르 위고는 다섯 아이들이 전부다 자신보다 먼저 사망합니다. 그 중 가장 예뻐했던 딸과 사위를 세느강의 배 사고로 한 번에 잃기도 했습니다. 또한 정치적 이유로 조국인 프랑스에서 영국 건지섬으로 망명을 떠나 거의 이십 년 가까이 조국에 돌아오지 못합니다.

20세기 가장 사랑받는 예술 작품 가운데 하나인 〈수련〉 시리즈를 그린 모네도 마찬가지입니다. 지베르니에서 수련 그림을 그리던 모네는 사랑하던 두 번째 와이프 앨리스와 큰 아들을 잃습니다. 상심에 빠진 모네는 치유의 마음을 담아 수련을 그려나가 마침내 이런 걸작 시리즈를 남겼습니다. 수련 그림을 볼 때마다 마음이 평안해지고 위로를 받는 것은 그의 슬픔과 치열함이 우리를 감싸기 때문일 것입니다.

이런 예는 수없이 많습니다. 자신이 사랑하는 존재가 세상을 떠난다면 아마도 스스로도 죽은 것과 마찬가지인 느낌일 겁니다. 하지만 이 모든 것을 극복하고 인생에서 훌륭한 결과물을 남긴 사람들은 고통에 무력하게 잠겨 있지만은 않았습니다. 그저 묵묵히, 헤밍웨이가 이 책에 썼듯이 이천 번을 죽더라도 말하지 않죠. 그리고는 용감하게 나아가서 아름다운 결과물들을 탄생시키고야 맙니다.

글쓰기는 심각한 내상을 치료한다

헤밍웨이는 늘 입버릇처럼 "전쟁에 참전하면 소설 하나는 거뜬히 나온다"라고 얘기했습니다. 전쟁이란 인간의 모든 드라마와 욕망, 무엇보다 잔인한 참상까지 다 드러나는 무대지요. 그만큼 인간을 부서트리는 곳은 아마 없을 겁니다.

헤밍웨이는 제1차 세계 대전에 참전하여 복무하다 근처에서 박격포가 터지는 사고를 당합니다. 사상자도 발생한 사건이었는데, 다행히 목숨엔 지장이 없었지만 다리를 크게 다치게 됩니다. 이때 다리에 박힌 박격포 파편만 280여 개로 알려져 있습니다. 병원으로 옮겨진 헤밍웨이는 무려 세 달이나 입원하는데, 이곳에서 인생의 사랑인 아그네스를 만납니다.

이 소설의 주인공 프레데릭 역시 박격포가 터져 대원 한 명을 잃고, 본인도 다리 한쪽에 포탄 파편이 200여 개 넘게 박힌 채로 다진 고기 조각처럼 변합니다. 하지만 그를 계기로 캐서린과 진실한 사랑을 경험하게 되지요. 모든 장면에 헤밍웨이의 경험을 그대로 박제한 것이 바로 이 소설입니다.

부서진 곳에서 강해진다는 표현에 헤밍웨이처럼 어울리는 작가도 드물 것입니다. 그는 전쟁을 직접 겪었고, 아픈 사랑도 경험했습니다. 이 상처들은 헤밍웨이가 소설로 완성하기까지 무려 십여 년간 생생하게 헤밍웨이의 안에 살아 돌아다니고 있었습니다. 몇몇 연구가들은 헤밍웨이에게 있어 아그네스의 배신은 박격포 파편이 박힌 것보다도 더 쓰라린 상처였다고 말합니다. 하지만 그는 움츠러들거나 주저앉지 않습니다. 자신의 상처와 경험들을 오히려 멋지게 이용해 20세기 최고의 걸작으로 재탄생시킨 것입니다.

아그네스는 자신보다 7살이나 어린 헤밍웨이를 '키드(kid)'라는 애칭으로 부르며 꼬맹이로 여겼습니다. 당시 헤밍웨이는 19살이었고 아그네스는 26살이었습니다. 헤밍웨이는 아직 대학도 나오지 않고 직업도 없었던 작가 지망생에 불과했죠. 결국 아그네스는 헤밍웨이 대신 이탈리아 장교를 선택하고 편지로 이별을 통보합니다.

훗날 헤밍웨이는 자신들의 러브스토리를 소재로 삼아 세계적인 작가가 됩니다. 물론 강인하고 쾌활했던 아그네스 대신 한없이 순종적이고 희생하는 캐서린을 그려내긴 했지만요. 《무기여 잘 있거라》의 성공 이후 기자들이 아그네스를 찾아가 헤밍웨이에 대한 인터뷰를 요청하기도 했을 만큼 이 성공은 상징적인 것이었습니다.

트라우마를 치유하기 위해서는 상처를 드러내는 것만큼 훌륭한 방법이 없습니다. 하지만 쉽지 않은 방법이지요. 트라우마는 누군가에게 쉽게 말할 수 없기 때문에 더욱 파괴적인 위력을 지니고 있습니다. 대부분의 사람이 이 상처를 안 보이는 곳에 슬쩍 치워 두기 때문에 그곳에서 더더욱 손쉽게 자라나는 것입니다.

누군가에게 손쉽게 얘기할 수 있고 아무렇지도 않게 몇 시간씩 수다할 수 있는 주제라면 아마도 큰 상처는 아닐 겁니다. 죽어도 말 못하고 꽁꽁 숨기는 것, 남들이 보지 않을 때 숨죽여 우는 것이 가장 큰 상처일 가능성이 높죠. 숨긴 트라우마는 나를 뒤흔들며 내면에서 강력한 파괴의 힘을 휘두르지만, 마음 밖으로 끄집어내는 순간 쪼그라들면서 힘을 잃습니다.

헤밍웨이 역시 "글 쓰는 행위가 작가의 심각한 내상을 치료한다"라고 말했습니다. 자신에게 있어서 글쓰기는 곧 트라우마의 치료라는 말이었죠.

상처가 있다면 꽁꽁 숨기기보다는 드러내고 마주해 보는 것은 어떨까요? 처음엔 쉽지 않을 겁니다. 헤밍웨이의 말처럼 글을 써 보는 것도 좋습니다. 거창하게 생각하기보다는 일기부터 써 봅시다. 우리의 수많은 감정은 자신의 존재를 알아주길 바라며 마음 안에서 웅크리고 있습니다. 감정들을 하나의 인격체처럼 대해 주세요. 갑자기 불안을 느낀다면 친구에게 인사를 하듯이 그 불안이라는 감정을 아는 척하고, 이해하고, 왜 불안한지

물어봅시다. 차근차근 일기처럼 적어 내려가다 보면 자신의 존재를 인정받은 불안은 슬그머니 사라질 겁니다.

또는 어린 시절이나 상처받은 그 시점의 자신과의 대화도 좋습니다. 그때의 사진을 보거나 그 시절의 모습을 떠올리기만 해도 준비 끝입니다. 그리고 어린 자신에게 말을 걸어 보세요. 그 날들을 지나 지금에 이르러 있는 자신의 이야기들을 들려주세요. 과거의 나에게 지금의 나를 인지시키는 것만으로도 마음이 한결 가벼워집니다.

물론 이 외에도 내가 스스로 작은 '통제력'을 느낄 수 있는 방법이라면 뭐든지 좋습니다. 내가 절제하지 못하는 감정과 상처들을 통제한다는 느낌을 살짝만 받아도 마음은 제법 좋아질 겁니다. 이러한 노력들이 쌓인다면 누구라도 부서진 바로 그 지점에서 조금씩 조금씩 더 강해질 수 있습니다.

납득되지 않는 세상을
받아들이는 방법

모든 것에 항상 설명이 있는 것은 아니다.

There isn't always an explanation for everything.

헤밍웨이는 평생 전쟁을 혐오했습니다. 세상에 수없이 황당한 일이 많지만, 전쟁은 헤밍웨이에게 가장 이해할 수 없는 일이었습니다. 제1차 세계 대전부터 스페인 내전, 중일 전쟁에 이르기까지 많은 전쟁에 참가하고 종군기자로 취재하며 도대체 무엇을 위해서, 누구를 위해, 왜 전쟁을 치르는지 도무지 납득이 가지 않았다고 합니다. 이 때문에 《태양은 다시 떠오른다》, 《무기여 잘 있거라》, 《누구를 위하여 종은 울리나》 등의 작품을 통해 전쟁의 참혹함과 무용함을 절절하게 얘기하고 있습니다.

《무기여 잘 있거라》에서 그는 이유 없이 전쟁으로 내몰리는 선량한 청년들을 조명합니다. 헤밍웨이도 전쟁에 직접 참전하기 전에는 조국을 위해 죽는 것이 영광이며 정당한 것이라고 생각했지만, 전쟁에서 참혹한 죽음들을 직접 보고 생각이 바뀌게 됩니다.

사람을 왜 죽여야 하는지도 모르는 채 겁에 질려 누군지도 모르는 상대방에게 총을 쏘는 장면들, 어쩔 수 없는 상황에서 억울하게 총살을 당할 뻔한 순간들, 누명을 쓰고 탈영을 해야만 하는 이 모든 부조리들이 소설 속에 고스란히 등장합니다. 세상엔 이토록 이해할 수 없고 납득할 수 없는 일이 많다는 것을 헤밍웨이는 제1차 세계 대전에 직접 참전했던 열아홉 살에 벌써 체득했던 것입니다.

전쟁과 같이 육체적으로 해를 가하는 일도 많지만, 디지털 시대가 되며 요즈음은 정신적으로 사람을 죽이는 일도 너무나 쉽게 자행되고 있습니다. 가끔 게시판이나 댓글 등에 한 번도 만난 적 없던 사람들이 피 튀기듯 싸우는 댓글들을 봅니다. 이유 없는 증오와 편견으로 가득한 댓글을 볼 때마다 이 또한 하나의 목적 없는 끔찍한 전쟁터가 아닌가 생각해 보게 됩니다.

이러한 잔인한 상황을 바꿀 수 없다는 점이 무력하게 느껴지지만, 받아들이면서 스스로 아주 작은 노력을 조금씩 하는 것은 중요해 보입니다. 예를 들어, 이해나 공감이 되지 않는 댓글창을 내가 싹 다 바꿀 수는 없지만, 나부터 악플을 달지 않는 노력을 하는 것입니다.

괴로움은 선택이다

아픔이나 상처는 육체적 감각입니다. 고통스러워하고 괴로워하는 것은 그에 대한 '감정적' 반응인 것입니다. 물론 육체적 감각과 그에 따른 감정을 별개로 볼 수는 없지만 충분히 제어가 가능하다는 것이죠.

세계적인 작가인 무라카미 하루키는 동일본 대지진과 쓰나미가 일본을 강타했던 2011년에 스페인에서 카탈루냐 국제상을 수상합니다. 카탈루냐 국제상은 문화, 인문과학 분야 등의 발전에 공헌한 이들에게 주는 상입니다. 이때 하루키의 수상 소감은 견고하면서도 사람의 마음 밑바닥을 흔드는 아름다운 힘이 있었습니다.

일본에서 수많은 사상자를 낸 기록적인 지진과 쓰나미에 대해 언급하며 '무상(無想)'의 개념을 이야기합니다. 일본은 여름마다 태풍에 시달리고, 역사 내내 지진과 활화산의 공포가 함께하는 곳입니다. 보통 그런 곳에서 어떻게 살 수 있는지 의아할 수 있죠. 하지만 생각해 보면 우리나라도 언제 전쟁이 일어날지 모르는 휴전 국가인 것과 마찬가지입니다.

당장 내일이라도 모든 것이 자연재해로 사라질 수 있는 상황에서도 일본의 국민들은 아무렇지 않은 듯 살아가고 있습니다. 지하철을 타고 출근하고, 건물도 계속해서 지어 올리죠. 이것이 일본인의 마음속에 '무엇도 영원할 수는 없다'라는 무상의 개념이 있기 때문이라고 하는 것입니다. 그냥 그저 그대로 받아들이는 것입니다. 체념과는 다릅니다.

이 세상의 모든 것들은 단 한순간도 멈춰 있거나 같은 것이 없습니다. 계속 변화하고 또 언젠가는 사라집니다. 이 사실을 겸허히 받아들이는 것이죠. 그렇기에 역설적으로 매일매일 진정한 아름다움을 발견할 수 있다고 합니다. 모든 것이 덧없기 때문에 벚꽃과 반딧불, 그리고 단풍을 최선을 다해 즐기는 것입니다. 벚꽃, 반딧불, 단풍 모두 아주 짧은 시간에 절묘한 아름다움을 뽐내고 금세 그 아름다움을 잃는다는 공통점이 있네요.

어차피 피할 수 없는 일이라면 받아들이고, 닥친 현재에 집중해야 합니다. 그러면서 앞으로의 재건에 힘쓰는 것이 맞다고 하루키는 말합니다. 건물뿐만 아니라 도덕까지, 그 모든 것을요.

판단하느라 부서지지 말고 받아들여라

독일군과 오스트리아군이 몰려오고 이탈리아군은 후퇴하기 시작합니다. 전선에 복귀한 프레데릭은 부상병들을 후방으로 옮기고 구급차에 장비를 실어 철수하라는 명령을 받습니다. 그의 목적지는 포르데노네입니다. 구급차 세 대가 후퇴 행렬에 합류하는데 비가 계속 내리고, 바퀴는 차례로 진흙에 잠겨 버립니다.

결국 모두 차를 버리고 걸어가는데, 갑자기 일행이었던 아이모가 독일군도 아닌 아군의 총에 맞아 사망합니다. 조금 전까지 살아 있던 사람이 눈앞에서 시체로 변한 것입니다. 독일군은 표적을 쏘지만, 겁에 질린 이탈리아군이 후퇴하며 적군과 아군을 가리지 않고 마구 쏘아 댄 것입니다.

아직 중간 지점도 오지 못했는데 이런 사고가 발생하자, 함께 후퇴하던 보넬로 역시 겁에 질려 달아나 버립니다. 이제 일행은 피아니와 프레데릭만 남습니다. 둘은 계속해 걸으면서 후퇴하는 행렬에 합류합니다.

그러던 중 프레데릭은 장교란 이유로 이탈리아 헌병에 붙잡히는데, 그들은 프레데릭이 연대를 이탈한 장교라 생각하고 끌고 가 심문합니다. 상황을 보니 끌려온 이들을 차례로 사살하고 있었습니다. 프레데릭은 미국인인 이탈리아 장교였기 때문에 이탈리아 억양이 이상했습니다. 그들이 프레데릭을 탈영한 독일군이라 오해하기에 딱 좋은 상황이 되어 버린 것입니다.

프레데릭은 그 자리에서 총살당할 수는 없었기에 순간적으로 강물에 뛰어듭니다. 강물 위에서 총알이 빗발치지만 최대한 물 속에 잠겨 있다 붙잡은 통나무를 따라 흘러갑니다. 뭍에 다다른 프레데릭은 베네치아 평원을 가로지르던 기차에 올라타는데, 기차에서 보초병을 마주치는 등의 위기를 무사히 넘기고 밀라노에 도착합니다.

이 안에는 여러 가지 설명되지 않는, 즉 납득되지 않는 일들이 가득합니다. 한 나라의 군대는 후퇴하고 다른 나라의 군대는 전진합니다. 방금까지 승기를 잡았던 이탈리아군은 자신들이 차지한 고지에서 내려와 후퇴해야 합니다. 프레데릭은 이해가 안 되지만 그것을 받아들여야 합니다. 상부의 명령에 따라 구급차를 후방으로 옮기고 있는데 비와 진흙 때문에 명령을 이행하지 못하게 됩니다. 또한 자의로 군을 이탈한 것이 아닌데도 아군은 그를 이탈한 장교로 취급해 사살하려 했습니다. 결국 탈영을 하게 되고 맙니다.

이 일련의 사건 흐름 속에서 프레데릭의 직접적인 잘못은 하나도 없습니다. 그저 상황이 그렇게 흘러간 것입니다. 부하 병사인 아이모가 아군의 총에 맞아 죽고, 보넬로가 탈영한 것 역시 어찌해 볼 도리가 없는 일이었습니다. 프레데릭은 정황을 분석하거나 분노하지 않습니다. 그리고 모든 병사에게 행운을 빌어 줍니다. 그는 생각을 멈추고 싶을 뿐입니다. 생각을 한다고 상황이 정리되는 것도 아니기 때문입니다. 그래서 모든 판단을 유보하고 그저 받아들입니다.

세상에 납득되는 일들은 생각보다 많지 않습니다. 내가 상식적일수록 현실은 점점 더 불행하기만 합니다. 비상식적인 세상을 끌어안느라 버겁고 허덕이게 되기도 합니다. 이런 배경에서 살아가다 보면 누구나 갑자기 참아온 눈물이 봇물처럼 터질 듯한 순간이 찾아옵니다. 우리에게 필요한 것은 그냥 받아들이는 연습입니다.

물론 마음이 힘든데 괜찮다고 자신에게 강요하면 안 됩니다. 마음의 건강도 육체의 건강과 비슷합니다. 다리를 다쳤는데 "난 괜찮아" 하며 벌떡 일어나 걸을 수 없듯이, 힘든 일이 생겼을 때는 상황을 받아들이고 그 시점에 잠시 머무르며 치유해 주는 것이 당연합니다.

여기서 중요한 것은 판단하지 않는 것입니다. '그 사람이 왜 그랬을까?', '왜 그런 일이 생겼을까?' 하는 생각들을 멈추어 봅시다. 우리의 뇌는 무조건 상황을 분석하고 결론을 내려는 성향

이 있습니다. 판단을 해야 다음 단계로 나아가고 생존에 유리하기 때문입니다. 예를 들면, 산길을 혼자 걷고 있는데 갑자기 부스럭 소리가 나면 이 소리의 원인을 찾아야만 직성이 풀립니다. 뱀이나 호랑이인지 아니면 강아지나 바람인지 결론을 내야 다음 걸음을 옮길 수 있기 때문이지요.

하지만 요즘처럼 혼란하고 많은 이해관계가 얽힌 사회에서는 상황을 판단하려다 더 큰 마음의 상처가 오기도 하고 그 상황에 잠겨 버리기도 합니다. 판단을 멈추고 받아들이는 것이 더 나을 때가 있습니다.

고독의 시간을
사랑하라

난 밤은 낮과 다르다는 것은 안다. 모든 것이 다르다.
낮에는 그런 일들이 존재하지 않기 때문에 밤에 일어나는
일들은 낮에는 설명이 되지 않는다. 그리고 한번 외로움이
시작되면 고독한 사람들에게 밤은 고통스러운 시간이다.

I know the night is not the same as the day: that all things are
different, that the things of the night cannot be explained
in the day, because they do not then exist, and the night can be
a dreadful time for lonely people once their loneliness has started.

프레데릭은 탈영한 뒤 온갖 고생 끝에 밀라노에 다다릅니다.
군을 이탈했기 때문에 이탈리아 출국이 불가능합니다. 탈영한
범죄자로 군의 색출을 피해 쫓겨 다니는 신세가 된 겁니다. 사
복으로 갈아입은 프레데릭은 호텔에 거짓말을 하며 캐서린을
수소문합니다. 다행히 캐서린은 밀라노 역 근처 호텔에 있었고,
둘은 드디어 재회하지요.

프레데릭은 사랑을 모르던 시절 흥청망청하며 의미 없는 밤

을 보낼 때 가장 많이 외로웠습니다. 하지만 이제는 캐서린과 함께 있고, 외롭지도 두렵지도 않습니다. 낮과 다른 밤 때문에 늘 외롭던 프레데릭은 캐서린을 만나면서 '함께'라는 개념을 진정으로 알게 되고 오히려 밤이 더 즐거워집니다.

헤밍웨이 역시 아마도 고독한 인생을 살았을 것입니다. 이해하거나 이해받지 못하는 불안한 삶을요. 그에게 밤이란 곧 치명적인 고독이었습니다. 그렇지 않고는 이런 문장을 작가 생활 내내 쓸 수 없었을 겁니다. 헤밍웨이가 밤의 고독에 대해 표현한 문장들은 여러 작품에 등장합니다. 《태양은 다시 떠오른다》를 비롯해 《강 건너 숲속으로》 등 계속해서 주인공이 밤의 고독과 싸운다는 문장을 집어 넣습니다.

사람이 태어나 가장 처음 경험하는 사회는 바로 가족입니다. 그러나 헤밍웨이는 부모님과의 불화가 깊었습니다. 아버지가 자살했을 때도 어머니 탓으로 돌렸고, 어머니가 자신의 아들들인 손주들을 보지 못하도록 했습니다. 장례식에도 가지 않았습니다.

결혼 생활 역시 순탄치 못해서 네 번의 결혼을 했지만 모두가 우울한 결말을 맞았습니다. 두 명의 부인에게서 세 아들을 두었는데, 그중 막내였던 그레고리는 성 정체성에 큰 혼란을 겪어서 훗날 결국 여성으로 성전환 수술을 하기도 했습니다.

그레고리가 스무 살 즈음, 로스앤젤레스의 여자화장실에 여자 옷을 입고 들어갔다가 체포되었습니다. 그때 헤밍웨이는 전 배우자였던 폴린 파이퍼와 아주 심하게 다투었고, 이 사건이 뉴스화 되는 것을 막기 위해 로스앤젤레스로 갔던 파이퍼는 다음 날 새벽에 고혈압으로 사망합니다. 헤밍웨이는 갑작스런 죽음이 모두 그레고리 탓이라 비난했고, 상처받은 그레고리는 헤밍웨이와 오랜 기간 연락하지 않았습니다.

아버지와 남동생, 그리고 여동생까지 다 자살로 얼룩진 집안 가운데에서 헤밍웨이는 집안을 이끌었던 가장으로서 홀로 고독하게 싸웠을 겁니다. 그리고 이 소설에서 말한 것처럼 밤이 얼마나 고통스러웠을까 생각하면 그의 모든 날들이 측은하게 느껴지기도 합니다. 헤밍웨이가 더욱 비범하게 느껴지는 것은 이 고독의 시간을 끌어안고 긍정했다는 것입니다. 그랬기에 우리에게 보석 같은 작품을 남길 수 있었던 것이지요.

빛이 강할수록 그림자가 짙어진다

헤밍웨이는 말년에 자신의 가장 행복했던 순간으로, 무명으로 고군분투했던 파리 시절을 꼽았습니다. 그리고 자살하기 전에는 자신의 파리 시절에 대한 회고록을 집필하고 있었는데, 그 내용 가운데 다음과 같은 말이 있습니다.

"그때까지 난 모든 좋고 나쁜 일들이 멈출 때 텅 빈 공허함을 남긴다는 것을 알고 있었다. 나쁜 일이 멈출 때는 그 자체로 공허함이 채워지지만, 좋은 일이 멈출 때는 더 좋은 일이 나타나야지만 공허함이 채워졌다."

삶의 가장 기본적인 이치를 꿰뚫는 문장입니다. 슬픔 뒤의 슬픔은 사실 큰 데미지가 없지만, 기쁨 뒤에 찾아오는 외로움이나 슬픔은 오히려 더 큰 허무함을 남길 때가 많습니다. 그렇기 때문에 인생에서 기쁜 일이 있다고 마냥 좋아할 것도 아닙니다. 좋은 일이 있을 때는 또 그만큼의 대가가 반드시 따르니까요.

모든 인생의 이치는 '평균으로의 회귀' 법칙을 따릅니다. 세상 모든 일이 평균에 맞춰지기 위하여 좋은 일은 나쁜 일을 끌어오고, 나쁜 일은 좋은 일을 끌어온다는 법칙입니다. 어쩌면 좋은 일도 나쁜 일도 없이 그냥 그저 그런 하루를 걱정 없이 보내는 것이 최상일지도 모릅니다.

만약 헤밍웨이처럼 고독과 괴로움을 끌어안는 게 힘들다면 하루하루 무사히 무탈하게 지나가는 것만으로도 힘을 내고 감사해 보는 것은 어떨까요? 지루하게 느껴지는 날이야말로 도드라진 즐거움도 뾰족한 슬픔도 없지만, 그것이 오히려 완벽한 하루가 될 수도 있습니다.

미국의 화가 에드워드 호퍼는 헤밍웨이의 소설을 연상하게 하는 작품을 많이 남겼습니다. 호퍼의 작품 역시《무기여 잘 있거라》처럼 대비를 이용합니다. 그의 그림 속에는 무언가를 잃은 듯한 주인공들이 나오거나, 아예 주인공이 없습니다. 예를 들어, 〈주유소〉라는 작품에는 차가 한 대도 보이지 않습니다. 〈오토맷〉이라는 작품에는 자판기가 보이지 않지요. 우두커니 앉아 있는 고객만 한 명 있을 뿐입니다.

놀라운 점은 이러한 한도 초과의 고독한 분위기를 창조하면서 의외로 아주 밝은 컬러를 썼다는 것입니다. 음침하거나 어두운 컬러들로 외로운 분위기를 강조하지 않았습니다. 오히려 햇빛이 쨍하게 들이치는 듯한 명랑한 색들로 캔버스를 채웠습니다. 하지만 우리는 그의 그림에서 야릇하게도 밝음이나 행복이 아닌 고독과 우울함을 발견합니다.

왜일까요? 비결은 그림자에 있습니다. 밝은 빛이 내리쬘수록 더 짙은 그림자가 생깁니다. 호퍼의 그림 속에서 우리는 명확한 대비의 그림자를 봅니다. 그림자가 없을 때는 텅 비고 공허한 무대를 보게 됩니다. 호퍼의 대표작인 〈나이트 호크〉를 보면 등장인물은 여럿 있지만 소통이나 관계의 따스함은 하나도 느껴지지 않습니다. 각자 자신만의 고민들을 버겁게 끌어안은 채 밤의 카페에 본인 의지와 상관없이 앉아 있는 느낌을 줍니다.

호퍼는 그림에 아무런 서사를 넣지 않았습니다. 배경과 등장인물 간의 어떠한 연관도 느껴지지 않습니다. 하지만 그림을 통해 어떤 것보다도 깊은 심연을 느낄 수가 있습니다. 이는 헤밍웨이의 작품들과 무척이나 닮았습니다. 어떤 감정적 묘사도 전혀 하지 않고 등장인물들도 최소한으로 가져가지만, 독자가 느끼는 감정의 깊이는 너무나 깊습니다. 최대한 많은 것을 생략했기 때문에 오히려 그 밑에 내재된 것까지도 전달이 되는 것입니다.

혼자 발버둥치지 말고 함께 나아가라

인간은 누구나 고독을 품고 있습니다. 인류가 이 지구상에 온 이후로 지금까지 변하지 않은 사실일 것입니다. 사람이라면 누구나 강하게 공감할 수밖에 없는 것이 바로 이 외로움이라는 감정입니다. 세상이 눈부시게 변하고 인공지능이 우리의 삶을 풍요롭게 해도, 모든 고독과 외로움을 문명의 이기로 해결할 수는 없습니다.

외로움과 고독이라는 감정은 각자의 사정을 지니고 있습니다. 말로 콕 집어 표현하기 어려운 것을 대신 드러내 말해 주고 있는 것이 헤밍웨이의 작품입니다. 이런 이유로 헤밍웨이의 작품들이 영원한 고전이 될 수밖에 없는 것입니다. 인간에게 고독의 감정이 존재하는 한 앞으로도 그러할 것입니다.

헤밍웨이는 감정을 부정하기보다 이것을 드러내고 결과물로 만들어 내며 공감을 구했습니다. 그리고 많은 사람이 기꺼이 공감하며 그의 작품들을 사랑했습니다.

외로움은 사실 나만 가지고 있는 감정이 아닙니다. 모두가, 누구나, 언제나 가지고 있는 감정입니다. 그저 부정적으로 생각하며 고독을 인정하지 않기 위해 발버둥치기보다는 함께 나아가는 방향으로 생각하면 어떨까요? 나의 이 감정들에 공감할 수 있는 수많은 작품이 훌륭한 친구가 되어 줄 겁니다.

"신은 인간의 불행에
무심하다"

마치 동상에 작별 인사를 하는 기분이었다.
잠시 후 나는 병원을 떠나 비를 맞으며 호텔로 걸어 돌아갔다.

It was like saying good-bye to a statue.
After a while I went out and left the hospital
and walked back to the hotel in the rain.

헤밍웨이는 이 소설을 통해 전쟁의 허무함과 인생의 덧없음을 표현했습니다. 그리고 신이 얼마나 인간의 불행에 관심이 없는지도 말하고 있습니다. 헤밍웨이는 첫 소설《태양은 다시 떠오른다》와《무기여 잘 있거라》에서 특히 이런 가치관을 많이 드러내고 있습니다.

캐서린이 난산을 겪다 제왕절개로 아이를 낳는 마지막 장면을 보면, 의사는 5킬로그램의 아들을 낳았다고 말합니다. 그런

데 갓 태어난 아들은 울지도 않고 죽어 있습니다. 이를 본 프레
데릭은 이어서 생각합니다.

> "언젠가 캠프에서 개미가 가득 있는 장작을 불에 넣은 적이
> 있었다. 장작에 불이 붙자 개미들은 떼 지어 처음에는 불이
> 있는 가운데로 가더니 다시 뒤돌아 장작 끝으로 달려갔다.
> 그렇게 끝에서 불 속으로 떨어졌다. 몇 마리는 탈출했지만
> 몸은 타 버리고 납작해져서 어디로 가는지도 모른 채 기어갔
> 다. 하지만 대부분은 불 쪽으로 갔다 다시 시원한 끝으로 옮
> 겨 간 뒤 결국에는 불 속으로 떨어지고 말았다."

이 장면은 인생의 덧없음을 생각해 보게 합니다. 우리도 어
쩌면 저 개미들과 다를 바 없는 인생을 살고 있는지도 모른다
는 생각이 들죠. 만약 절대자가 존재한다 해도, 프레데릭이 보
았듯이 세상에 일어나는 모든 일들은 여전히 의미 없이 일어날
수 있습니다. 결국 이런 것도 저런 것도 아등바등할 필요가 없
지만, 지금 프레데릭의 상황은 그렇지 않습니다. 마치 저 개미
중의 하나가 된 것만 같은 자신과 캐서린을 미친 듯이 걱정하고
있는 것이지요.

인생의 덧없음을 깨닫는 순간

프레데릭은 캐서린이 회복되길 기다리면서 병원 앞 식당에서 계속해 음식을 먹습니다. 별것 아닌듯한 식사 장면이지만, 이 장면이 거듭되면 독자 역시 점점 손에 땀이 나고 기분이 다운되면서 조바심이 납니다.

새벽 3시쯤 캐서린의 첫 진통이 시작됩니다. 병원에 도착한 뒤로도 진통은 계속되고 프레데릭은 아침을 먹으러 나갑니다. 아침 이른 시간이다 보니 빵은 어제 만든 것입니다. 맛있고 신선한 빵이 아닙니다. 길거리의 개는 쓰레기통을 헤맵니다. 프레데릭이 다시 병원으로 돌아가자 캐서린은 분만실로 옮긴 상태였습니다. 출산은 아무런 진전도 없이 다시 점심시간이 됩니다. 프레데릭은 다시 나가서 아침식사를 했던 곳과 똑같은 식당에서 점심을 먹습니다.

이 부분은 이 시대 최고의 작가 중 한 명인 무라카미 하루키도 직접 언급했을 정도로 상당히 인상적입니다. 사랑하는 여인이 진통을 시작하고 힘들어 하지만 아무것도 해 줄 수 없는 무력한 상황에서 프레데릭은 그저 생각을 멈추기 위해 먹습니다.

점심을 먹고 돌아가자 캐서린의 수술이 끝났습니다. 헤밍웨이는 두 번째 배우자인 파이퍼가 아들 패트릭을 제왕절개로 낳을 당시의 경험을 바탕으로 이 부분을 서술했다고 합니다. 그때문에 작은 부분까지 선명한 장면이 나왔지요.

그런데 이상합니다. 힘들게 태어난 아들은 울지도 않고 움직이지 않습니다. 탯줄이 목에 감겨 죽어 있던 것입니다. 프레데릭의 기분은 어땠을까요? 하지만 헤밍웨이는 아무런 감정 서술을 하지 않습니다. 다만 프레데릭이 병원 근처 식당에서 먹는 장면만을 보여 줍니다.

작가가 직접 말하지 않기 때문에 독자는 상상할 뿐입니다. 아마도 프레데릭은 엄청나게 초조하고 불안하고 긴장되고 또한 걱정되었을 겁니다. 내면은 당장 터질 듯한 슬픔과 불안으로 가득하지만 그는 할 수 있는 것이 없고, 그저 기계적으로 음식을 입에 욱여넣기만 합니다. 맛있게 먹는 것이 아닙니다. 그냥 배고픔과 초조함을 잊기 위한 하나의 수단으로써 먹고 있는 것입니다.

이성의 반대는 본능입니다. 머리에 토네이도처럼 몰아치는 생각들을 없애기 위해 최대한 본능에 충실하려 하는 겁니다. 또한 끝 간 데 없이 뚫린 마음의 공허함을 채우기 위해 먹는 겁니다. 새벽과 아침, 점심이 지나고 다시 저녁을 맞이해 프레데릭은 죽은 아기와 얼굴이 납처럼 변한 캐서린을 두고 저녁을 먹으러 나갑니다. 다시 똑같은 식당입니다. 이쯤 되면 공포영화의

한 장면 같네요. 맛있는 송아지 스튜는 다 떨어지고 다른 메뉴는 점심에 이미 먹은 메뉴입니다. 별 수 없이 햄과 계란을 먹고, 식당의 공기는 혼탁합니다.

많은 작가가 소설이나 드라마 속에서 여러 장치를 통해 주인공의 심리 상태를 은유적으로 보여 주는데, 헤밍웨이 역시 너무나 영리하게 프레데릭의 상태를 간접적으로 묘사합니다. 이는 하루키의 작품에도 영향을 미쳐, 그의 소설을 읽다 보면 주인공이 먹는 장면에서 많은 것을 유추할 수 있습니다. 빵을 먹는 장면에서 '벽에 바른 흙의 맛이 났다'라고 표현한다면 그 주인공의 기분은 어떠한지 말하지 않아도 알게 되는 것입니다.

저녁 식사 후 프레데릭이 병원으로 돌아갈 때까지도 캐서린의 출혈은 멈추지 않습니다. 그러다 숨을 거두죠. 헤밍웨이는 이 소설을 쓸 당시만 해도 이십 대였고, 그때는 인간의 결론이 죽음뿐이라고 생각했습니다. 그 때문에 헤밍웨이의 소설에는 갑자기, 이유 없이, 납득되지 않는 죽음이 많이 등장합니다.

우리가 삶이 힘들다 느끼는 건 삶과 죽음에 의미를 부여하기 때문입니다. 내가 왜 태어났는지, 어떻게 살라고 이 세상에 왔는지 의미를 찾고, 주변의 사랑하는 사람이 사망할 때는 왜 세상을 떠났는지 의미를 찾습니다. 그래서 갑자기 느닷없이 죽은 의미를 찾지 못하면 우리에게는 쓰나미 같은 우울증이 남습니

다. 사실은 헤밍웨이 말대로, 신은 우리의 불행에 무관심할 수
도 있습니다.

단단한 문체가 만들어 내는 내면의 힘

《무기여 잘 있거라》가 문학사에 한 획을 긋게 된 것은 마지막
부분에 있다고 해도 과언이 아닙니다. 헤밍웨이는 마지막 부분
을 47번이나 고쳐 쓴 것으로 유명합니다. 실제로 헤밍웨이가 주
변 지인들과 주고받은 편지에는 마지막 부분을 스타카토처럼
마무리할지 아니면 페이드 어웨이로 마무리할지 고민하는 내용
이 나옵니다.

> "하지만 그들을 나가게 한 뒤 문을 닫고 불을 꺼도 전혀 좋
> 지 않았다. 마치 조각상에 작별 인사를 하는 기분이었다. 잠
> 시 후 나는 병원을 나왔고, 비를 맞으며 호텔로 걸어 돌아갔
> 다."

프레데릭이 하루도 되지 않아 사랑하는 캐서린과 아들을 모
두 잃고 병원을 걸어 나오는 장면입니다. 맨 마지막 문장에 이

르러 눈물이 분수처럼 솟구쳐 나왔다는 리뷰도 있을 만큼 이 소설의 백미는 마지막 문장이라고 해도 과언이 아닙니다. 앞서 《노인과 바다》편에서 헤밍웨이는 세상에 없던 문체를 발명한 사람이라는 소개를 했습니다(20쪽 참고). 그런데 두 번째 장편소설에서 이미 문체의 완성형을 보여 주고 있습니다.

헌신이나 희생 같은 관념적 언어에 공감하지 못하고 지금껏 누구도 사랑하지 못하던 프레데릭, 그는 사랑하는 관계 역시 '덫'이라고 표현할 만큼 애정이 불편한 남자였습니다. 그러던 그가 캐서린이라는 인생의 사랑을 만나 헌신과 희생을 느끼며 처음으로 진실한 감정에 눈을 뜹니다. 하지만 행복을 가득 느낀 바로 그 순간에 모든 것을 깡그리 잃게 됩니다.

작가는 프레데릭의 감정에 대해서 단 하나도 표현하지 않습니다. 마치 조각상처럼 죽은 캐서린에게 작별 인사를 하고 병원을 나와 혼자 비오는 거리를 걸어 호텔로 되돌아갈 뿐이지요. 이 마지막 문장은 마치 영화의 맨 마지막에서 점점 화면이 느려지며 사라지는 연출을 보는듯한 착각마저 들게 합니다.

헤밍웨이의 문체는 너무도 단단해 '하드보일드(hard-boiled)'라고 불립니다. 하드보일드는 삶은 달걀을 뜻하는데, 떨어뜨려도 깨지지 않을 만큼 단단하다는 뜻입니다. 이 이름처럼 헤밍웨이의 문체는 단단함을 넘어 무척 강인한 듯 느껴지고, 어떤 때는 냉정하기까지 합니다.

　헤밍웨이는 지인과의 편지에서 링컨의 '게티즈버그 연설'이 지닌 힘을 언급한 적이 있습니다. 링컨은 역사에 남은 이 상징적인 연설에서 극도로 짧은 문장을 구사합니다. 열 문장 남짓의 이 연설의 마지막에는 '국민의, 국민에 의한, 국민을 위한(of the people, by the people, for the people)'이라는 함축된 단어들이 등장합니다. 더 이상의 부연 설명이 없이도 이 단순한 단어들이 빚어내는 힘은 전율이 올 정도입니다. 헤밍웨이는 이 연설을 언급하며, 글쓰기란 물리학 법칙과도 같이 명확하며 간결해야 한다고 강조했습니다.

　또한, 언제나 쉬운 말로 글을 썼습니다. 일부러 사전을 찾아볼 필요가 없을 정도로 쉬운 단어들만을 사용했습니다. "사전이 쓸모가 있다면 다른 사람에게 빌려 주는 쓸모 정도뿐"이라 말했을 정도입니다. 그만큼 기본적이고 간단한 단어에 힘이 있다는 사실을 믿었습니다.

　또한 당시에 새로 유행하는 신조어나 욕도 많이 썼습니다. 고급지고 있어 보이는 단어가 아니라 일반 사람들이 평소 대화에서 구사하는 말들과 흔한 단어들을 많이 사용했는데, 이에 대해 헤밍웨이의 가족들도 걱정할 정도였죠. 그의 부모는 소설을 읽고 근사하고 멋진 문어체가 아닌 일상에서 쓰이는 단어들을 아무렇지 않게 쓰는 것을 나무라면서 실망했다고도 했습니다.

하지만 헤밍웨이는 꿋꿋했습니다. 첫 장편 《태양은 다시 떠오른다》를 펴낼 때 출판사에서 욕을 줄여 달라고 요청해도 더 이상 줄일 욕이 없다면서 이 책을 그냥 욕밖에 없는 책으로 간주해 달라며 본인의 의견을 고집했지요. 백여 년이 지난 지금 와서 보면 그때 욕을 줄였든 안 줄였든 문학적으로 큰 차이는 없었을 것 같은 생각이 듭니다.

본래 언어는 생명력을 가지고 있습니다. 사람들에게 많이 쓰이면 계속 살아남아서 하나의 엄연한 단어로 정착되고, 아무도 쓰지 않으면 자연스레 도태됩니다. 우리가 세종대왕 때의 한글을 그대로 쓰지 않는 것처럼, 언어는 생명체로서 시간에 따라 계속 변화합니다. 그리고 세월을 오래 견뎌 정착하면, 그 시대에 통용되던 단어와 문장 구조 등을 연구하고 알 수 있는 훌륭한 샘플이 되기도 합니다.

헤밍웨이 자체가 희망이 깃털처럼 부풀려지는 것도, 문장이 깃털처럼 덧붙여지는 것도 좋아하지 않았습니다. 늘 핵심만을 강조했으며, 그 안에는 무엇보다 단단한 힘이 있었습니다. 인생에 대한 불필요한 연민을 잘라 낸 그의 성격이 문장에도 고스란히 담겨 있지 않나 생각해 봅니다.

"저는 사랑 같은 건 안 할 겁니다."
"하게 될 거예요. 전 그렇게 믿어요. 그러면 중위님도 행복해질 걸요."
"전 지금도 행복해요 안 행복했던 적은 한 번도 없었어요."
"그런 행복 말고요. 제가 말하는 행복은 겪기 전엔 모르는 그런 행복입니다."

"I don't love."
"You will. I know you will. Then you will be happy?"
"I'm happy. I've always been happy."
"It is another thing. You cannot know about it unless you have it."

"당신이 내 종교예요. 당신만이 내 전부예요."
You're my religion. You're all I've got.

"용감한 사람은 똑똑하다면 이천 번도 죽어요. 그저 말하지 않을 뿐이죠."

The brave dies perhaps two thousand deaths if he's intelligent. He simply doesn't mention them.

그때까지 난 모든 좋고 나쁜 일들이 멈출 때 텅 빈 공허함을 남긴다는 것을 알고 있었다. 나쁜 일이 멈출 때는 그 자체로 공허함이 채워지지만, 좋은 일이 멈출 때는 더 좋은 일이 나타나야지만 공허함이 채워졌다.

By then I knew that everything good and bad left an emptiness when it stopped. But if was bad the emptiness filled up by itself. If it was good you could only fill it by finding something better.

언젠가 캠프에서 개미가 가득 있는 장작을 불에 넣은 적이 있었다. 장작에 불이 붙자 개미들은 떼 지어 처음에는 불이 있는 가운데로 가더니 다시 뒤돌아 장작 끝으로 달려갔다. 그렇게 끝에서 불 속으로 떨어졌다. 몇 마리는 탈출했지만 몸은 타 버리고 납작해져서 어디로 가는지도 모른 채 기어갔다. 하지만 대부분은 불 쪽으로 갔다 다시 시원한 끝으로 옮겨 간 뒤 결국에는 불 속으로 떨어지고 말았다.

Once in camp I put a log on a fire and it was full of ants. As it commenced to burn, the ants swarmed out and went first toward the center where the fire was; then turned back and ran toward the end. When there were enough on the end they fell off into the fire. Some got out, their bodies burnt and flattened, and went off not knowing where they were going. But most of them went toward the fire and then back toward the end and swarmed on the cool end and finally fell off into the fire.

하지만 그들을 나가게 한 뒤 문을 닫고 불을 꺼도 전혀 좋지 않았다. 마치 조각상에 작별 인사를 하는 기분이었다. 잠시 후 나는 병원을 나왔고, 비를 맞으며 호텔로 걸어 돌아갔다.

But after I got them to leave and shut the door and turned off the light it wasn't any good. It was like saying good-bye to a statue. After a while I went out and left the hospital and walked back to the hotel in the rain.

4장
___

달아난 그곳에
낙원은 없다

태양은 다시 떠오른다

태양은 다시 떠오른다

The Sun Also Rises

제1차 세계 대전 참전 후 특파원으로 스물두 살부터 파리 생활을 시작한 헤밍웨이는 작가가 되기 위해 계속해 원고를 투고하지만 5년이 넘도록 계속 되돌려 받습니다. 이렇다 할 작품을 펴내지 못하고 《우리 시대에》라는 단편을 낸 것이 전부였던 헤밍웨이는 곧 《위대한 개츠비》의 스타 작가 피츠제럴드를 만납니다. 그의 소개로 편집자인 맥스웰 퍼킨스와 계약을 하게 되지요.

퍼킨스는 당시 살짝 못미더운 뉘앙스로 출판사 사장을 설득해 확신 반, 의심 반으로 헤밍웨이의 소설 《태양은 다시 떠오른다》를 펴냅니다. 피츠제럴드는 무명이었던 헤밍웨이가 작품을 출간하자 원고의 수정을 도맡아 한 것은 물론, 자기 일보다도 기뻐하면서 "이 소설이야말로 이 시대의 로맨스이자, 시대의 안내서"라고 말했습니다.

약 10년에 가까운 무명 생활을 겪던 헤밍웨이는 1926년, 《태양은 다시 떠오른다》로 드디어 베스트셀러 작가의 반열에 오르게 됩니다. 그만큼 그에게, 또 미국 현대 문학사에서 의미가 있는 작품이 바로《태양은 다시 떠오른다》입니다. 헤밍웨이의 대표작들은 출판 순서대로 읽는 것이 바람직합니다. 헤밍웨이의 작품을 처음 접한다면《태양은 다시 떠오른다》를 가장 먼저 읽기를 추천합니다. 그의 대표 소설들을 연대기로 보면 시간이 흐를수록 작품의 메시지가 긍정적으로 변해 갑니다.

《태양은 다시 떠오른다》는 1926년 출판되었기 때문에, 지금으로부터 100여 년 전 당시 가장 모던하게 여겨진 젊은 세대의 로맨스를 엿볼 수 있습니다. 주인공은 파리에 사는 미국인 기자인 30대의 제이크 반스로, 그는 제1차 세계 대전에 참전해 크게 다칩니다. 겉보기엔 다친 곳이 없어 보이지만 가장 중요한 곳을 다칩니다(원서에서도 어디를 다쳤는지 직접적으로 말하지 않아 유추해야 합니다). 남작 작위를 가진 발랄하고 매력적인 브렛 애슐리를 만나 사랑을 느끼지만 그와 아무 것도 뜻대로 할 수 없는 상황이지요.

브렛이 자신의 친구인 마이크와 약혼하고, 백작과 춤을 추고, 로버트 콘과 여행을 가고, 투우사 로메로와 동시에 수없이 자유연애를 하는 동안에도 제이크는 그저 바라볼 수밖에 없습니다. 자신의 의지와 상관없이 시대의 잔인함 때문에 불구가 된 제이크는 시대의 아픔을 상징하는 상실의 아이콘입니다. 겉보기엔 괜찮지만 내부에 가장 치명적인 결점을 가지고 있는 것이 어쩌면 우리 모두의 모습과도 같지요.

이 소설의 또 하나의 특징은 바로 '로망 아클레(Roman a Clef, 실제 인물로 창작된 소설)'라는 점입니다. 클레는 '열쇠'라는 뜻으로, 허구의 인물이나 스토리가 아닌 실제 인물과 사건을 토대로 만들어진 소설이라는 뜻입니다. 열쇠가 있듯이 소설 속 주인공이 누구를 뜻하는 건지 다 알 수 있는 것이죠. 이 소설에 등장하는 제이크, 마이크, 로버트, 브렛 전부 헤밍웨이 자신과 실제 친구들을 바탕으로 했으며, 파리에서 기자로 살던 헤밍웨이의 일상이었습니다. 스페인 팜플로나 축제 이야기도 전부 헤밍웨이의 실제 경험입니다.

그럼, 지금 우리가 기억하는 대문호 헤밍웨이의 탄생을 알린 기념비적인 첫 작품 《태양은 다시 떠오른다》를 함께 읽어 봅시다.

평균의 삶에서
가치를 찾는 법

당신들은 모두 길 잃은 세대예요.

You are all a lost generation.

작품을 시작하면서 헤밍웨이는 다음과 같은 서두문을 달았습니다.

당신들은 모두 길 잃은 세대예요.

〈거트루드 스타인과의 대화 중에서(Gertrude Stein in conversation)〉

한 세대는 가고 한 세대는 오되 땅은 영원히 그대로 있도다.

해는 떴다가 지며, 그 떴던 곳으로 빨리 돌아가고,

바람은 남으로 불다가 북으로 돌이키며,

이리 돌고 저리 돌아 불던 곳으로 돌아가고,

모든 강물은 다 바다로 흐르되 바다를 채우지 못하며,

강물은 흘러나온 곳으로 다시 흐르느니라.

〈전도서〉 1장

　헤밍웨이가 서두문에 인용한 성경의 전도서 1장 문구의 앞뒤에는 '헛되고 헛되며 헛되고 헛되니 모든 것이 헛되도다', '이미 있던 것이 후에 다시 있겠고 이미 한 일을 후에 다시 할지라. 해 아래는 새 것이 없나니 무엇을 가리켜 이르기를 보라 이것이 새 것이라 할 것이 있으랴 우리 오래 전 세대에도 이미 있었느니라'라는 구절이 있습니다.

　이것만 보더라도 소설에서 헤밍웨이가 말하고자 하는 바가 전부 다 드러납니다. 작품 전체에서 삶의 헛됨과 허무함을 이야기하고 있습니다. 하지만 전도서가 얘기하듯 허상의 삶에서 가장 중요한 것을 찾아 부여잡아야 합니다.

　소설을 읽다 보면 헛된 인생 속에서 인내와 절제를 통해 자기만의 견고한 인생을 구축하려는 주인공 제이크의 가치관을 볼 수 있습니다. 헤밍웨이는 훗날 이 작품을 두고 "전부다 놓아버린 듯 살고 있는 세대(당시 '길 잃은 세대'로 불리던 젊은이)에게도 희망이 있고 그들 역시 삶을 애타게 끌어안고 있다는 걸 보여주기 위해 창작했다"라고 밝혔습니다.

길 잃은 세대라는 거트루드 스타인의 표현은 《태양은 다시 떠오른다》 전체를 관통하는 중요한 키워드입니다. 실제로 헤밍웨이가 이 책을 집필할 당시 작품 제목을 '길 잃은 세대'라고 정하려고 했을 만큼 의미가 남다르지요. 길 잃은 세대란 제1차 세계대전 이후 삶의 방향과 도덕성을 잃고 꿈 없이 자기 멋대로 사는 세대를 뜻합니다.

왜 이렇게 되었을까요? 19세기 말에 태어나 20대에 전쟁을 겪은 젊은이들은 전쟁 이후 인생관이 바뀌게 됩니다. 전쟁에서 살아남은 친구도 몇 없고, 참전했던 이들은 사람이 도덕적으로 올바르게 살고 착하게 사는 것과 전쟁터에서 죽는 것은 아무런 상관이 없다는 것을 알아버렸지요.

결국 '도덕은 지키면 뭐하나?', '착하게 살면 뭐하나?', '꿈을 갖고 노력하며 살면 뭐하나?' 하는 비관이 짙게 드리운 것입니다. 열심히 살아도, 도덕적으로 살아도 결국 모두가 죽는 것은 똑같다는 생각을 하게 된 것이죠.

무엇이 우리를 초조하게 하는가

제이크는 전쟁에서 남성성에 치명상을 입고, 그 후로는 끌리는 여성이 있어도 직접 다가갈 수 없게 됩니다. 커다란 장애 때문에 여성 앞에서 무능하게 되어 버린 거죠. 제이크가 마음에 품은 여성은 브렛 애슐리인데, 소설 속 묘사에서 'Damn good looking'이라고 쓰였을 정도로 눈부신 미모를 지닌 사람입니다. 브렛은 제이크 말고도 등장인물 남자 거의 모두가 사랑에 빠질 정도의 매력이 가득합니다.

소설에 등장하는 제이크의 친구 로버트는 뉴욕의 부유한 유대인 집안 출신으로, 상속받은 재산이 많아 편안하게 살아가고 있습니다. 상속받은 재산 5만 달러는 첫 결혼생활로 다 탕진하고, 남은 돈으로 잡지사를 후원합니다. 이후 잡지사의 편집자가 된 그는 자신의 재력과 잡지사 내의 권한을 바탕으로 프랜시스를 만나 약혼하지만, 이것이 진실한 사랑이라고 생각지 않습니다.

로버트는 괜찮은 출판사에서 자신의 소설책을 내고 의기양양해졌다가도 무미건조한 현실에 초조함을 느끼고 도피하고 싶어 합니다. 인생이 무료한 로버트는 제이크에게 돈을 다 댈 테니 남아메리카로 여행을 가자고 조르다시피 합니다. 제대로 살고 있다는 느낌을 갖고 싶어 하지만 그저 상황을 회피하고 싶은 것입니다.

> "인생이 이렇게 빨리 지나가고 있는데, 정말 제대로 살고 있지 않다는 생각을 하면 견딜 수가 없어."

로버트는 제이크에게 '인생을 철저히 살고 있지 않다'라는 생각 때문에 괴롭다고 말합니다. 그러면 부딪쳐 행동하고 노력하면 될 일인데, 스스로 그렇지 못하다 보니 '인생이 달아나고 있다'라는 표현까지 쓰지요. 게다가 "이제 앞으로 35년쯤 지나면 우린 죽을 거야"라고 못 박아 버립니다.

인생은 허무하고 70년 정도를 살면 이 세상에서 사라지는데, 무언가를 해야 할 것 같은 생각은 들지만 막상 열심히 노력하는 것은 안중에 없습니다. 그저 삶에서 도망쳐 열심히 여행이나 하고 싶은 것이 바로 로버트입니다.

> "넌 모든 인생이 흘러가 버리고 있는데 그 삶을 이용하고 있지 않다고 느낀 적 없어? 벌써 네가 살아야 할 날의 거의 절반이나 살았다는 걸 깨닫고 있냐고?"

이 소설 속의 모든 주인공은 이렇게 길 잃은 세대입니다. 무력감이 짙게 지배합니다. 인간이나 세상에 희망이 손톱만치도 없고, 인간의 선한 본성 그런 건 아무 관심도 없는 사람들입니다. 이 삶을 살고 싶어서, 애정이 있어서 살아가는 게 아닌 겁니다. 로버트 말대로 어차피 태어났으니 이 인생을 쾌락으로 '이용해야 한다'라는 가치관을 갖고 있죠.

하지만 헤밍웨이는 이러한 길 잃은 세대 속에서도 결이 꽤 다른 주인공을 함께 두었습니다. 바로 헤밍웨이의 인생관을 대변하는 제이크입니다. 여행비도 로버트가 전부 내 준다는데도 제이크는 따라가지 않습니다. 신문사에서 일하며 자신의 일을 사명감으로 해 내는 제이크의 입장에서는 로버트의 말이 공감이 가지 않습니다. 어디든 맘만 먹으면 당장 여행을 떠날 수 있는 돈 많은 로버트가 왜 같이 여행을 가자며 징징대는지 이해가 가지 않습니다.

그렇다고 제이크가 가고 싶은 곳에 맞춰 주는 것도 아닙니다. 제이크가 영국령 이스트아프리카로 사냥을 가는 건 어떠냐고 물어 보지만 로버트는 전혀 관심이 없습니다. 고집불통처럼 남아메리카를 외칩니다. 하지만 제이크의 상황은 로버트와 다릅니다. 제이크는 치명적인 전쟁의 상흔에도 본인의 인생을 책임지고 일해야 하고, 미래의 걱정을 당겨서 할 여유도 없습니다.

상대적 박탈감에 인생을 낭비하지 마라

보통 인생이 완전 꼬였다고 할 만한 사람은 생각보다 주변에서 보기 쉽지 않습니다. 대부분 인생이 끝날 정도로 망했다기보다는 어딘가 몇몇 부분이 약간 망가져 있다고 느낄 겁니다. 다시 시작할 수 없을 정도는 아닌 약간의 붕괴 말이지요. 폭삭 주저앉은 것도 아니고 한 부분이 무너져 내린 것뿐인데 그 작은 삶의 붕괴를 어떻게 수선해야 할지 잘 모릅니다. 언제 회복될지도 모르지요. 그리고는 그 붕괴를 지탱하려고 애씁니다.

이 소설의 주인공 제이크처럼 어느 한 부분이 조금 망한 것이 어쩌면 우리 모두의 흔한 모습입니다. 그것이 가장 평범하고 가장 보통의 삶입니다. 제이크는 전쟁 때문에 후천적으로 시련을 겪었지만, 사실 우리의 정체성도 중요한 부분은 의지와 상관없이 주어진 것입니다. 선택하지 않고 주어진 조건들은 살아가면서 조금씩은 망하게 되어 있습니다.

제이크의 육체는 조금 망해 있지만 인생을 견고하게 살아가려는 의지는 멀쩡합니다. 나머지 주인공들은 육체에 문제가 없지만 정신에서 조금 망해 있습니다. 내 상황이 완전히 괜찮지 않아 보여도 누구나 그렇다는 사실을 떠올리면 다시 살아갈 힘이 생깁니다.

얼마 전까지만 해도 '욜로'는 가장 뜨겁게 떠오르는 키워드였습니다. '삼포 세대' 역시 마찬가지입니다. 지금도 SNS에는 '태어난 김에 산다'라는 표현이 유행하고, 열심히 사는 것은 바보라는 인식마저 깔려 있습니다. 일에 최선을 다하면 남의 일까지 떠맡게 되므로 월급 받는 만큼만 적당히 하면 되고, 퇴사라는 단어는 모두의 부러움을 사는 단어가 되었습니다. 지금의 젊은 세대는 전쟁을 직접 겪은 적이 없는데도 이런 정서가 사회의 주류가 된 이유는 무엇일까요?

살아간다는 것은 누구에게든 쉬운 일이 아닙니다. 굳이 전쟁을 겪지 않았어도 삶이라는 전쟁터에서 느끼는 감정들이 여전히 낯설기 때문에 더욱 참담하고 쉽게 무너질 수 있습니다. 삶은 어떤 순간 고통스럽고, 또 로버트의 말처럼 언젠간 전부다 죽는다는 것도 변치 않는 사실입니다.

하지만 우리에게는 '그럼에도'라는 말이 있습니다. 제이크는 돌이킬 수 없는 치명상을 입었음에도 삶에 애정과 애착을 가지고 있습니다. 로버트의 말에도 상대적 박탈감을 느끼지 않습니다. 건강한 내면이죠.

로버트처럼 언젠가 죽을 인생이라면 시간이 아까우니 놀러 다녀야겠다 생각하는 것은 도파민 회로를 위한 해결책, 즉 '쾌락'을 추구하는 것일 뿐 삶을 책임지는 태도는 아닙니다. 우리 모두 쾌락이 고통의 반대말이라고 생각하는 경향이 있는데, 고통의 반대말은 그저 고통이 없는 상태입니다. 일상이 편안한 상태이죠. 쾌락은 스스로를 망칠 뿐입니다.

제이크는 무조건 파리를 벗어나 여행을 떠나자는 로버트를 가엾게 여기고 기사를 쓰러 자리를 뜹니다. 언제든 여행을 떠날 수 있는 돈 많은 친구가 같이 여행을 가자고 막무가내로 조르면 계속 일을 해야 하는 자신의 신세를 한탄하거나 짜증이 날 법도 한데, 제이크는 오히려 로버트를 딱하게 여깁니다.

로버트는 제이크의 사무실까지 따라옵니다. 돈은 많지만 일은 없고 인생은 무료하고 열심히 일하는 친구를 쫓아다니는 역할이라니 딱하기 그지없습니다. 제이크는 두 시간 동안 부지런히 기사를 쓰고 자신의 이름을 찍어 기차역으로 보냅니다. 소설 속에서 헤밍웨이는 이 부분을 매우 자세하게 썼습니다. 사무실까지 따라와 꾸벅꾸벅 졸고 있는 로버트와 대비되도록 제이크가 일하는 모습을 상세히 기술한 것입니다.

인생을 회의적이고 부정적으로 보면 어떤 이득이 있을까요? 핑곗거리로는 딱 좋을 겁니다. 제대로 살지 않아도 되는 자기를 위한 변명으로 이보다 완벽한 건 없겠죠. 하지만 잠깐의 자기 위로 말고는 아무짝에도 쓸모가 없다는 게 중요한 점입니다.

이런 면에서 헤밍웨이가 인용한 '한 세대는 가고 한 세대는 오되 땅은 영원히 있도다'가 더더욱 의미 있게 다가옵니다. 까마득하게 느껴지는 헤밍웨이의 세대는 갔지만 지금 우리 세대 또한 또 다른 전쟁터에서 살아가고 있고, 이런 우리의 모습은 변하지 않으며, 영원히 세상은 그대로라는 사실이 말이지요.

태양은 또 다시 떠오릅니다. 그러니 불행할 필요 없지요. 21세기의 길 잃은 세대도 제이크처럼 자신의 삶에 책임을 느끼고, 인생이 달아나지 않도록 따뜻한 시각을 가지면 좋겠습니다.

자신에게서
도망치지 말아라

로버트, 외국에 간다 해도 달라지는 건 없어.
나도 그런 건 전부 다 해 봤거든.
이 나라에서 저 나라로 옮겨 다닌대도
너 스스로에게서 달아날 수는 없어. 그래 봤자 별거 없다고.

Going to another country doesn't make any difference.
I've tried all that. You cant get away from yourself
by moving from one place to another. There's nothing to that.

삶이 지겹고 지긋지긋할 때 현실에서 달아나고 싶은 기분은
누구에게나 있을 겁니다. 도망친 그곳은 얼마나 천국 같을까 생
각해 봅니다. 하지만 놀라지 마세요. "달아난 곳에 천국은 없습
니다." 제가 장담하지요. 도망친 그곳에서도 역시 새로운 걱정
이 생겨납니다. 그리고 금세 또 다른 낯선 곳으로 도망치고 싶
어질 겁니다.

2011년에 개봉한 〈미드나잇 인 파리〉라는 영화가 있습니다.

주인공인 길 펜더가 타임머신을 타고 100년 전의 파리로 시간 여행을 하게 되는 이야기입니다. 그 100년 전의 시대는 길이 동경했던 20세기 초의 전설적인 작가들이 우글우글한 시대입니다. 그러나 그 시대에서 만난 인물은 오히려 벨 에포크(Belle Epoque, 1870년경 프랑스 제3공화국 시절부터 예술 및 기타 분야에서 최고로 번성했던 시대) 시대로 가고 싶어 하죠. 그토록 황홀하고 전설적인 1920년대의 파리에 살고 있어도 이미 그것이 일상인 사람은 다른 시대를 살고 싶고 그리워하는 것입니다.

누구나 자신이 지금 처한 일상이 아닌 다른 이의 삶을 부러워하고 동경합니다. 현재란 어쩔 수 없이 그런 것입니다. 항상 불만족스럽고, 내 현실이 아닌 것은 다 멋진 영화처럼 보이지요. 동경하는 것을 손에 넣고 싶어 합니다. 하지만 제이크는 '그래 봤자 별거 없다는 것'을 알고 있기에 자신의 상황을 로버트와 비교하지 않을 수 있고 건강하게 삶을 살아갈 수 있습니다. 그러나 로버트는 남아메리카에만 가면 상황이 다 달라질 거라 생각합니다. 그에게 제이크는 다음과 같이 말하죠.

"남아메리카 거지같아! 지금 같은 기분으로는 그곳에 가도 똑같을걸. 여기가 괜찮은 곳이야. 파리에서 새로운 삶을 시작하지 그래?"

이 문장에서 로버트와 제이크의 인생 가치관이 다르다는 것이 확연히 드러납니다. 맞습니다. 사실은 지금 바로 여기가 괜찮은 곳입니다. 지옥 같아 보여도 본인의 현재에서 승부를 봐야 합니다. 여기에서 새로운 나를 만들어 봐야죠. 다른 곳으로 도망쳐도 똑같을 겁니다. 왜냐하면 천국은 어디에도 없으니까요.

자유롭게 사는 것과 회피하는 것은 다르다

《태양은 다시 떠오른다》에는 치명적인 상처에도 책임감 있게 살아 보려는 제이크와 달리, 시간도, 돈도 흥청망청 낭비하는 등장인물이 많습니다. 브렛 애슐리가 대표적입니다. 작품에 등장하는 모든 남자의 마음을 빼앗는 브렛은 헤밍웨이의 친구였던 더프 트위스든을 모델로 했습니다.

브렛은 당시 트렌드였던 '플래퍼'의 선두 주자입니다. 플래퍼란 고전적이고 수동적인 전통의 여성상에서 벗어나 자기주장이 강하고, 소년처럼 머리도 짧게 자르며, 옷도 중성적으로 입고, 선거권을 주장하는 등 모든 일에 당당한 신여성을 뜻합니다. 플래퍼들은 감정에서 자유롭고 관계에서 지켜야 할 책임감에 신경 쓰지 않기 때문에 이런 표현이 붙었습니다. 사랑하는 상대에게 구속될 필요성을 느끼지 못하는, 당시 새로운 성적 개념을 대변하는 플래퍼인 브렛은 여러 남자를 자유롭게 만나면서 무질서하게 살아갑니다. 또한 경제적으로도 여유로워서 아무것도 거리낄 것이 없습니다.

비슷한 시기에 나온 소설 중 헤밍웨이의 절친이었던 스콧 피츠제럴드의 《위대한 개츠비》에도 데이지와 조던이라는 플래퍼가 등장합니다. 데이지 역시 과거에 개츠비를 사랑했고 또 현재도 사랑하지만, 남편인 뷰캐넌 역시 잃을 수 없는 캐릭터로 등장합니다. 보수적인 여성상과 다르게 상대의 마음이나 스스로의 마음에 책임지지 않는 모습이지만, 당시에 중심에 있던 가치관에 반항하는 새 시대를 특징짓는 캐릭터로 통용되었습니다.

브렛이 이런 가치관을 지니게 된 이유가 있습니다. 브렛은 이혼했던 남자가 남작 집안이었기 때문에 본인도 레이디 애슐리라는 귀족 작위를 가지고 있습니다. 귀족의 결혼 생활을 생각하면 화려하고 누구나 부러워할 만한 생활인 듯 느껴집니다. 하지만 브렛은 귀족 작위를 얻은 대신 매일 불행했습니다. 남편은 항상 브렛을 방바닥에 재우고, 죽여 버리겠다는 협박도 서슴지 않았습니다. 권총에 총알까지 장전해 협박하던 남편이 잠들면 매일 밤 몰래 총알을 빼야 했던 끔찍한 생활이었습니다.

남편과 헤어진 브렛은 그동안의 자신의 불행을 보상받으려는 듯, 하고 싶은 걸 하지 않고는 못 배기는 사람이 됩니다. 자존심도 온데간데없습니다. 자신을 마주하고 더 나은 사람이 되려고 노력하는 대신 모든 남자와 즐기고 상처를 주려고 작정한 것 같습니다. 브렛은 제이크에게 사랑한다고 말합니다. 제이크도 브렛을 사랑하죠. 그러나 브렛은 제이크를 육체적으로도 원했기에 이 둘은 이어질 수 없었습니다.

결국 브렛은 제이크의 친구인 마이크와 약혼을 합니다. 스코틀랜드에서 온 마이크는 파산했지만 집안에 돈이 많고 어머니에게 돈을 받아 결혼할 계획이거든요. 브렛은 이어서 자신에게 홀딱 반한 미피폴로스 백작과 열심히 데이트를 합니다. 백작은 브렛에게 사치스런 곳으로의 여행을 제안합니다. 함께 가면 1만 달러를 주겠다고도 유혹합니다. 이 뿐만이 아닙니다. 이미 프랜시스라는 약혼녀가 있는 로버트 역시 브렛에게 마음을 빼앗깁니다. 로버트는 브렛과 산 세바스티안으로 여행을 함께 가고, 프랜시스는 로버트의 외도를 폭로하죠.

21세기에 읽어도 머리가 지끈지끈 아파오네요. 이들은 다 같이 스페인 팜플로나로 투우 축제를 즐기러 가는데, 그곳에서 브렛은 제이크가 소개해 준 투우사 로메로와도 사랑에 빠집니다. 그렇습니다. 브렛은 외로움에서 필사적으로 도망쳤습니다. 괴로웠던 결혼 생활을 끝내자 현실에서 달아난 것입니다. 가장 멀리 도망쳐, 하고 싶은 대로 살고 있는 것입니다. 하지만 도망친 곳이 천국이었을까요? 아닙니다. 브렛은 여전히 외롭고 괴롭습니다.

사랑에 대해 묻는 미피포폴로스 백작에게 심지어 사랑이 지옥 같다고 표현합니다. 하지만 브렛만 괴로운 것이 아닙니다. 브렛을 사랑하는 모든 주변 남자 역시 괴롭습니다. 팜플로나 축제를 즐기러 가며 투우에 대한 이야기를 하던 도중 거세된 수소 단어가 나오자 마이크는 로버트를 가리켜 거세된 수소처럼 밤낮 브렛 꽁무니만 따라 다닌다 공격합니다. 브렛이 중간에서 말려도 소용이 없습니다. 계속해서 집요하게 공격하는 마이크를 피해 로버트는 그 자리를 나오지만 얼굴은 창백해졌습니다. 브렛은 마이크에게 말하는 방법이 서툴렀다고 한마디 합니다.

이것을 지켜보던 제이크는 마이크가 로버트에게 했던 행동이 솔직히 자신이 바랐던 상황인 것을 압니다. 제이크도 브렛과 여행을 떠난 로버트에게 질투가 났던 것입니다. 마이크가 로버트의 감정을 상하게 하는 걸 내심 보고 싶었던 거죠. 하지만 이 모든 상황이 유쾌하거나 마음이 편안한지 생각해 보면 그것은 아닙니다. 나중에 마이크가 불쾌해질 게 뻔하기 때문에 로버트를 공격하지 않았다면 더 좋았을 거라 생각하며 바로 이것이 도덕이라는 정의를 내립니다.

지혜롭게, 현명하게, 도덕적으로

요즘 '메타인지(한 차원 높은 인지 과정으로, 스스로를 객관적으로 보는 능력)'라는 단어가 유행합니다. 스스로를 마주한다는 것은 무엇일까요? 도망치지 않고 스스로를 직시한다는 것은 위치, 한계, 본질을 파악하는 것입니다. 하지만 쉬운 일은 아닙니다. 내 안의 나는 만족스러운 부분도 있지만 심각한 나르시시스트가 아닌 이상 용서가 안 되는 부분도 있기 때문입니다. 나와의 화해, 소통, 반성, 용서가 선행되어야 하는 것이 메타인지라고 볼 수 있습니다.

곰곰히 생각해 보면 《태양은 다시 떠오른다》의 주인공들 같은 젊음에게 가장 필요한 건 지혜 같습니다. 지혜란 많은 경험을 토대로 생기기 때문에 젊은 시절엔 어쩌면 가장 가지기 힘든 조건일지도 모릅니다. 인생은 선택의 연속이기 때문에 지혜롭지 못한 선택을 하게 되면 뒤에 이어지는 인생에도 큰 영향을 미치게 됩니다. '어쩌다 한 선택'으로 인생이 결정되어 버리는 일도 허다합니다.

우리의 많은 부분이 어쩌다 결정이 됩니다. 그리고 이 결정들이 인생의 오랜 부분 또는 아주 중요한 부분을 좌지우지합니다. 어쩌다 내린 결정이기 때문에 평소의 가치관이나 지혜 등이 드러날 수밖에 없고요. 소설 속 브렛처럼, 상황에서 도망치고 어쩌다 모든 등장인물에게 상처를 주게 되기도 합니다. 브렛은 헤밍웨이가 정의 내린 도덕이나 지혜 등이 없었기 때문에 이렇게 최악으로 치닫게 되었지요.

《태양은 다시 떠오른다》 속 브렛을 보면 젊음에 대해 다시금 생각해 보게 됩니다. 꼭 브렛이 아니더라도 아름다운 젊음은 때때로 방종과도 동의어가 되기도 하는데, 이유는 무엇일까요?

우리는 보통 젊음을 부러워합니다. 인생에서 가장 빛나는 시간이기 때문에 무엇이든 가능하다고 생각하죠. 젊음을 지나온 사람 역시 젊음에 대해 같은 말을 합니다. 그렇기 때문에 젊은 이들이 고민을 토로할 때 '뭘 해도 되는 나이'라는 표현을 많이 합니다. 바꿔 보면 이 말은 즉, 젊음이란 뭘 해도 되기 때문에 인생을 통틀어 가장 많은 선택이 존재하는 시기라는 뜻이 됩니다. 오히려 그 장점 때문에 인생이 더 복잡하고 집중이 어려운 게 아닐까요?

선택 사항이 많기 때문에 어쩌다 결정을 내릴 가능성도 더 높아집니다. 특히 현대는 인류가 살아온 그 어느 시대보다 정보가 흘러넘치기 때문에 선택과 집중 역시 어느 세대보다 어렵습니다. 그렇다 보니 잘못된 선택을 할 경우 패배가 더 쓰라리게 다가오고 도전이 힘들어지는 게 아닐까요?

소설 맨 마지막 장면에서 브렛은 제이크가 말한 도덕을 되찾고 드디어 "기분이 아주 좋다"라고 말하게 됩니다. 즉, 나중에 돌이켜보면 불쾌해지는 것을 드디어 깨닫게 된 겁니다.

자신보다 나이가 한참 어린 투우사 로메로의 순수함을 마주하고 나서 브렛은 변합니다. 현실에서 도망쳐 순수한 남자들의 마음을 책임감 없이 빼앗는 나쁜 여자가 되지 않기로 한 거죠. 자신을 마주하고 스스로를 변화시키고 나서야 기분이 좋아집니다. 길 잃은 세대가 마침내 길을 찾게 되는 중요한 장면입니다.

도덕이란 과연 무엇일까요? 거창한 철학이 등장할 것 같지만 헤밍웨이가 정의하는 도덕은 의외로 심플합니다. 내 기분을 자제하지 못하고 스스로에게서 도망치기 위해 상대방에게 상처를 주면 결국 자신은 더욱 더 불쾌해진다는 것이 헤밍웨이가 말하는 도덕입니다. 정말 간결하고 명료하죠.

우리 역시 감정을 주체 못하고 내뱉은 말 때문에 후회한 적이 얼마나 많습니까? 나를 마주하지 못하고 지금 이 상황에서 도망쳐 일을 그르친 적은 얼마나 많은가요? 하지만 《태양은 다시 떠오른다》에서 말하는 도덕, 즉 기분대로 행동하고 나서 후회했는지, 불쾌했는지 생각해 보면 이런 후회를 줄일 수 있지 않을까 합니다.

헤밍웨이가 제시한 이 가이드라인처럼, 자신의 기분과 감정을 면밀하게 들여다보면서 훗날 스스로 불쾌해지지 않는 도덕적인 선에서 행동을 해 나가면 인생의 작은 해답이 되지 않을까요? 나에게 변명하지 말고, 나에게서 도망치지 말고 말이지요.

"사소한 것들이 모여
인생의 총합을 이룬다"

"어떻게 파산한 거야?"
"두 가지로. 천천히, 그리곤 갑자기."

"How did you go bankrupt?"
"Two ways. Gradually, then suddenly."

헤밍웨이가 소설에서 언급했던 문장 가운데 지금까지도 회자되면서 하나의 관용구로 자리 잡은 문장들이 있습니다. 가장 유명한 문구가 바로 '천천히, 그리곤 갑자기'입니다. 이 문구만큼 헤밍웨이의 빙산 이론이 빛나 보이는 구절이 없는 것 같네요. '천천히', '그리곤', '갑자기' 이렇게 평범한 세 단어의 조합이지만, 우리의 모든 상황에 대입할 수 있고 무한의 의미를 함축합니다. 그가 주장한 것처럼 한마디가 열 마디의 설명을 대신하는 '무언의 곱셈' 효과가 있는 좋은 예시입니다.

주인공 제이크는 친구들인 브렛, 마이크, 빌 고턴과 함께 스페인 투우 축제에 갑니다. 그때 마이크는 훈장과 관련한 이야기를 들려줍니다. 황태자가 참석하는 파티에 훈장을 달고 오라는 초청장을 받은 마이크는 단골 양복점 주인에게 아무 훈장이나 구해 달라고 말합니다. 양복점 주인은 다른 손님이 맡긴 옷에서 훈장을 떼다가 주었고, 마이크는 그걸 주머니에 쑤셔 넣고는 곧 까먹습니다.

하지만 여러 사건 때문에 황태자는 파티에 참석하지 못했고, 훈장도 결국 필요가 없어졌습니다. 문제는 마이크가 나이트 클럽에서 처음 만나 누군지도 모르는 아가씨들에게 그 훈장들을 나눠줘 버렸다는 겁니다. 양복점 주인이 훈장을 돌려 달라고 연락했을 때 이미 훈장은 온데간데없었습니다. 양복을 맡긴 누군가에게는 너무나도 소중한 훈장이었는데 말이죠. 결국 마이크는 양복점 주인에게 돈으로 보상해 줘야만 했습니다.

그러면서 자신의 파산 소식을 친구들에게도 알립니다. 빌이 어떻게 파산하게 되었는지 묻자 그는 이렇게 답합니다.

"두 가지로. 천천히, 그리곤 갑자기."

천천히, 조금씩, 그런데 갑작스럽다니? 모순되는 것처럼 보이지만 이만큼 세상에 통용되는 진리도 없을 겁니다.

모든 일은 천천히 아무도 모르게 일어납니다. 그러다가 어느 순간 임계점이 오면 갑자기 무너지는 것뿐입니다. 그동안 보이지 않던 일이기에 갑자기 일어난 것처럼 보이지만, 실상은 그렇지 않은 겁니다.

변화가 눈에 띄게 뚜렷하다면 그때그때 대처할 수 있습니다. 그런데 거의 티가 안 날 정도로 약간의 변화 정도만 감지된다면 무시하거나 신경 쓰지 않게 됩니다. 변화는 조금씩 진행되고 있는데 오래도록 대처하지 않으면 어느 날 갑자기 무너지는 게 당연하겠죠.

마이크가 삶을 바라보는 태도는 어떻습니까? 사람이 망하는 이유는 학력도 재력도 운도 아니라 바로 태도라는 걸 알 수 있습니다. 그가 가진 가치관, 마음가짐, 태도 때문에 망해가는 겁니다. 아주 천천히 조금씩요. 그러다 어느 순간 결과가 나타난 것뿐입니다.

게다가 마이크는 친구들이 전부 가짜 친구였다고 말합니다. 또한, 스스로 영국에서 채권자가 제일 많을지도 모른다고 하니 그의 삶이 어떤지 알 만하네요. 법정에서조차 몸을 가누지 못할 정도로 취해 있는 사람이 마이크입니다. 누군가가 진지하게 생각하고 심각하게 생각할 일도 그에겐 아무 것도 아닙니다. 진정성이 바닥인 셈입니다.

어떤 인기 드라마에 노숙자들에게 빵과 로또 중에 하나를 고르는 선택권을 주는 장면이 나옵니다. 많은 노숙자가 한탕을 노리며 로또를 선택했죠. 결과는 물론 모두 꽝이었습니다. 그들은 로또도 당첨되지 못하고, 자신들이 먹을 수 있었던 빵까지 얻지 못하게 됩니다.

이들이 로또를 선택한 건 과연 한순간의 결정일까요? 아마 평소의 가치관과 평소의 태도에서 나온 선택일 겁니다. 빵과 로또 중에 로또를 선택했듯이, 평소에도 자잘하게 쌓이는 일상의 작은 노력이 아닌 커다란 한탕을 바랐을 겁니다. 평소에 평범하고 꾸준하게 노력해야 할 날들을 무시했을 가능성이 높겠죠. 인내와 절제와는 거리가 먼 것을 이 행동 하나만으로도 알 수가 있는 것입니다.

세상에 어느 날 갑자기 이루어지는 것은 없습니다. '하루아침에'라는 표현 역시 이전에 수많은 과정이 있었다는 전제하에 이루어지는 일입니다. 어느 날 갑자기 일어날 그 일은 사실 우리의 하루 속에서 천천히, 서서히, 조금씩 만들어진 것들입니다. 성격이나 인생을 사는 태도 등으로 이미 모든 조건이 마련된 상태에서 하나의 불씨로 인해 큰 불이 일어나자 마치 갑자기 불이 난 것처럼 보일 뿐인 겁니다.

우리는 변화의 신호를 주의 깊게 관찰해야 합니다. 변화를 외면하면 현실에 머물게 되고, 현실에 머물면 적응에 실패하고 인생에 실패할 테니까요.

실패도 성공도 사소한 오늘이 쌓여 나타난다

오늘이 쌓여 한 달, 일 년이 되고 미래가 됩니다. 여기서 긍정적인 사실은 실패도 서서히 쌓이지만 성공도 서서히 쌓인다는 것입니다. 《태양은 다시 떠오른다》에서는 경제적 위기를 '천천히, 그리곤 갑자기'라고 표현했지만, 이 말은 위기가 아니라 성공의 측면에도 적용할 수 있습니다.

눈사태, 재난, 질병, 특히 과학 분야 등은 모두 어제까지 아무 일 없는 듯 보이다가 오늘 갑자기 발생하거나 탄생할 수 있는 것들입니다. 임계점이라고도 하지요. 물은 100도가 되어야 갑자기 끓습니다만, 1도에서 다음 순간 바로 100도가 되는 것은 아닙니다. 서서히 뜨거워지다가 100도가 되고 나서야 끓는 게 보이는 것이지요. 그 전에도 보글보글 끓지 않을 뿐 계속해서 온도는 올라가고 있고 뜨겁다는 것은 말하지 않아도 압니다. 중간 과정을 빼먹는 이치는 이 우주에 존재하지 않아요.

경직된 측면이 강한 선형적인 사고를 가진 사람은 이해하기 힘들 수도 있습니다. 만약 8시간 일하고 8시간 만큼의 결과가 당장 나타나지 않으면 아쉬울 때도 있고요. 하지만 아직 임계점이 아닐 뿐입니다. 우리의 인생은 매일이 쌓여 이루어집니다. 성공이든 실패든 같습니다.

영국의 소설가인 찰스 디킨스는 스크루지 이야기로 유명한 《크리스마스 캐럴》을 비롯하여 《데이비드 코퍼필드》, 《두 도시 이야기》, 《위대한 유산》 등 수많은 명작을 남겼습니다. 그의 모든 소설은 어느 정도 회고록 같은 면을 지녔는데, 주인공에게 디킨스 자신의 인생 가치관을 많이 투영했기 때문입니다. 특히 데이비드 코퍼필드는 디킨스 그 자체라고 봐도 무방할 정도로 어린 시절부터의 경험과 가치관을 많이 녹여냈습니다.

매일 치열하게 살아가는 데이비드는 자신의 인생에 대해 철저하게, 열정적이게, 성실하게, 진지하게 사는 것만이 답이라고 밝힙니다. 나의 전부를 던질 수 있는 일에 한쪽 손만 찔끔 담가 놓고 평가 절하하는 행동은 절대 해서는 안 된다는 것이 성공의 황금 공식이라고 밝혔습니다.

"사소한 것들이 모여 인생의 총합을 이룬다."

찰스 디킨스, 《데이비드 코퍼필드》

데이비드가 소설 속에서 하는 말이지만 무려 200년 전 사람인 디킨스가 밝힌 성공의 황금 공식입니다. 특히 진정성의 측면에서 크게 공감했습니다. 우리가 실패하는 이유는 보통 내면에 있습니다. 자신을 망치는 이유는 항상 변덕스럽고 왜곡된 감정들이 내면에서 싸우기 때문입니다. '아, 이게 될까?', '해 볼까? 아닌 거 같아!' 하고요. 전부 스스로 속삭인 말입니다.

한국말의 '감사합니다'에 해당하는 일본어인 '아리가또 고자이마스'라는 표현이 있습니다. 이 말은 '아리가따이(有り難い)'라는 표현에서 유래했는데, 이 아리가따이라는 말의 한자가 재미납니다. 바로 '있기 어렵다'라는 뜻입니다. 존재하기 어렵다는 뜻이 어째서 감사하다는 말이 되었을까요?

우리는 모든 걸 당연하다고 생각하는 경향이 있습니다. 일례로 공기 같은 것이 있습니다. 그 존재를 너무나 당연하게 생각하죠. 숨 쉴 때는 모릅니다. 산소가 부족한 상황에 빠져야 감사함을 알죠. 최악의 상황을 겪기 전에는 당연한 것들에 감사함을 모릅니다. 당연한 것에도 감사함을 느끼지 못하는데, 사소한 것들에는 오죽하겠습니까?

겉치레 대신 진정성이 필요한 이유

《태양은 다시 떠오른다》 속 모든 등장인물이 브렛을 사랑하고 그들 전부 불나방처럼 삶을 흥청망청 낭비하고 있지만, 조금 다른 인물도 있습니다. 바로 미피포폴로스 백작입니다. 그는 브렛에게 빠져 있지만 다른 남자들처럼 초조하지 않습니다. 질투도 없지요.

브렛은 이 핑계, 저 핑계를 대며 그와 여행가지 않고, 제이크를 찾아와 사랑한다고 말합니다. 현실에서 탈출해 가질 수 없는 것을 찾아 이리저리 헤매는 브렛과 달리 백작의 태도는 여유롭습니다. 그는 제이크와 함께하는 술자리에서 자신은 "인생의 가치를 알고 만끽한다"라고 말합니다.

백작은 전쟁을 무려 일곱 번, 혁명은 네 차례를 겪고, 화살이 몸통을 꿰뚫은 경험도 한 사람입니다. 여행 다니지 않은 곳이 없지요. 그가 삶을 즐길 수 있는 이유는 산전수전을 다 겪었기 때문이라 말합니다. 브렛이 아무리 놀려도 꿋꿋합니다. 자존감이 단단하지요. 세상에 당연한 것은 없다는 걸 알고, 누구나 마음속에 돌멩이 몇 개쯤은 가지고 있다는 것도 알고 있으며, 예쁘고 완벽한 것은 절대 없다는 것을 알고 있는 사람입니다.

모든 것이 당연하지 않다는 것을 깨달아야 비로소 삶이 다르게 보입니다. 백작은 사소한 날들 속에서도 살아 있는 것에 감사하며 와인을 즐기면서 삽니다. 무엇보다 내면을 외부에 맡기지 않고 상처에 휘둘리지 않습니다.

《태양은 다시 떠오른다》에서 제이크는 브렛이 스스로 규율이라고는 없는 망나니같이 굴어도 계속해서 옆에 있어 줍니다. 제이크 역시 상처에 크게 휘둘리지 않고 절제된 내면을 가지고 있습니다. 브렛이 누굴 만나든 분노하지 않고 그냥 받아들입니다.

무엇보다 제이크는 자기만의 성실함을 이어갑니다. 커다란 상실과 장애를 겪는 자신의 상황을 비관하지 않고 기자로서 본분을 잃지 않는 제법 한결같은 모습을 보여 주죠. 브렛은 아마 제이크를 보며 늘 같은 자리에 머무는 강인함을 느꼈을 겁니다. 꾸준한 성실함이 우아하다는 것을 알아차렸을 겁니다. 브렛은 결국 도덕을 되찾고 제이크에게 돌아옵니다.

제이크와 백작 모두 살아오면서 상처가 많았습니다. 하지만 두 사람은 모두 아랑곳 않고 자신만의 진정성을 쌓아 갔습니다. 매일 같은 것이 반복되는 우리의 하루도 어떤 면에서는 시시해 보일지 모릅니다. 하지만 진실한 하루들이 모여 인생의 총합을 이루고 멋진 삶을 만들어 줄 것입니다.

"청구서는 언제나
어김없이 도착했다"

나는 브렛과 친구 사이였다. 그 입장에서 생각해 본 적은
한 번도 없었다. 대가 없이 뭔가를 얻었던 것이다.
다만 청구서가 나오는 일이 늦어졌을 뿐이다.
청구서는 언제나 어김없이 도착했다.

I had been having bret for a friend. I had not been thinking about
her side of it. I had been getting something for nothing.
That only delayed the presentation of the bill.
The bill always came.

작품 중의 제이크는 청구서가 도착했다며 혼자 중얼거립니
다. 아마도 헤밍웨이의 모든 소설을 통틀어서 인생의 진리를 가
장 잘 요약한 문장일 것입니다. 이런 멋진 문장이 이십 대의 첫
장편 소설에 나왔다는 점만 봐도 헤밍웨이는 상당히 성숙하고
견고한 내면세계를 갖고 있었다는 점을 깨달을 수 있습니다.

그런데 브렛과의 관계에서 청구서라니 도대체 무슨 말일까
요? 제이크는 브렛을 사랑하지만 그저 친구 사이로만 둡니다.

정신적으로밖에 사랑할 수 없는 상황이기 때문에 연인이 될 수 없다고 생각합니다. 그렇다고 헤어지지도 않습니다. 사랑하지만 연인이 되지 못하는 애매한 관계를 이어나가는 겁니다. 브렛의 입장을 생각해 보지도 않은 말이지요.

어쩌면 제이크를 사랑하는 브렛에게는 이런 희망고문이 더욱 괴로운 일이었을지도 모릅니다. 사실 희망고문은 제이크가 아니라 브렛이 당하고 있었기 때문입니다. 제이크는 브렛에게 아무 것도 주지 못하지만 브렛의 마음을 가졌습니다. 애인으로서의 배려와 책임 같은 대가를 치르지 않고 애정을 손에 넣었던 겁니다. 하지만 제이크는 그 사실을 깨닫지 못합니다.

브렛이 마이크, 백작, 로버트와 연애를 이어가자 그제야 대가를 치른다는 걸 깨닫습니다. 청구서는 늦게 도착했지만, 어쨌든 도착하는 것입니다. 어떨 땐 이자까지 붙어서 날아들 때도 있습니다.

제이크는 자신도 로버트와 같은 모습이 된 걸 압니다. 남의 꽁무니만 쫓아다니는 우스운 꼴이 말이죠. 하지만 그걸 알고도 브렛을 투우사 로메로에게 소개해 줍니다. 로메로 역시 브렛에게 반하고, 셋이 있던 바에서 제이크는 혼자 자리를 뜹니다.

이후 브렛과 로메로는 여행을 떠납니다. 팜플로나 축제가 끝나고 산 세바스티안에서 쉬고 있던 제이크에게 같은 전보가 두 번 되돌아와 도착합니다. 제이크가 산 세바스티안에 머무르는지 몰랐던 브렛은 그에게 보내는 전보를 파리, 팜플로나 등으로 모두 보냈던 겁니다.

'마드리드의 호텔 몬타나로 와 줘, 곤란한 상황임. 브렛'

이 전보를 보자마자 제이크는 마드리드행 급행열차를 탑니다. 산 세바스티안 여행이고 뭐고 브렛에게 달려가는 겁니다. 이런 순수한 모습은 길 잃은 세대라고는 전혀 볼 수 없는 모습입니다. 그는 브렛에게 내일 급행으로 도착할 것이라고 전보를 보냅니다. '사랑하는 제이크'라고 서명을 해서요.

이 장면은 제이크가 처음으로 브렛에게 사랑한다 말하는 장면입니다. 물론 편지의 끝맺음 말이긴 하지만, 이 소설에서는 내내 브렛만이 제이크에게 사랑한다고 표현해 왔던 것입니다. 제이크는 누가 봐도 브렛을 사랑하는 듯 보였지만, 단 한 번도 입 밖으로 낸 적이 없었죠. 하지만 결국 이 표현을 쓰면서 다음 구절을 이어갑니다.

"그걸로 된 거겠지. 그런 거야. 여자를 한 남자와 떠나보냈어. 또 다른 남자와 달아나도록 소개했지. 이제는 그 여자를 다시 데리러 가. 그리고 전보에 '사랑하는'이라고 쓰지. 바로 그런 거였다."

이것이 바로 제이크가 치른 대가였습니다. 브렛이 네 명이나 사귈 동안 이자가 꽤 많이 붙은 청구서가 도착했네요.

청구서는 대부분 사람이 잘 모르고 지나가기도 하고 당장 깨닫지는 못하기도 합니다. 하지만 언젠가는 무조건 깨닫게 되는 인생의 진리이기도 합니다. 변하지 않고 세상 누구에게나 공평하게 적용되죠. 꼭 연애가 아니더라도 모든 인간관계에 적용될 수 있습니다. 사람의 호의 역시 대가를 치루지 않고 계속 받기만 하다 보면 언젠가는 청구서가 날아오기 마련입니다.

인생도 지불한 만큼 되돌아온다

"그것들에 대해 깨닫든지, 경험을 한다든지, 위험을 무릅쓴다든지, 아니면 돈을 내면서 대가를 치렀다. 삶을 즐긴다는 것은 지불한 값어치만큼 얻어 내는 것을 배우는 것이고, 그걸 얻었을 땐 얻었단 걸 아는 것이다."

삶이란 결국 뭔가를 치른 만큼 대가를 얻는 것이기 때문에 이 문장 뒤에 헤밍웨이는 이 세상이란 무언가 구매하기 좋은 것이라는 정의를 보탰습니다. 머리를 얻어맞은 듯한 정의입니다.

헤밍웨이의 말처럼, 돌이켜 보면 세상은 전체가 거대한 쇼핑 센터 같습니다. 다만 그것이 꼭 돈으로 교환하여 물건을 구매하는 것이 아니라는 사실만 다를 뿐입니다. 보통은 돈으로 거의 대부분 물건을 구매할 수 있다는 생각이 통용되기 때문에 무언가를 많이 얻기 위해 돈을 많이 벌고 싶어 합니다. 그것을 성공이라 일컫기도 하죠.

하지만 돈으로 살 수 없는 것들이 명확하게 존재합니다. 재미있는 것은 돈이 많아야 무언가를 많이 사고 더 가치 있는 걸 구매할 수 있는 확률이 높아지는 것과 비슷하다는 것입니다. 예를 들어 노력을 많이 들여야 원하는 걸 얻는 것이 가장 보편적인 가치관일 것입니다. 둘 다 무언가를 교환해 손에 넣는다는 사실은 변하지 않습니다.

《태양은 다시 떠오른다》는 총 3부로 구성되어 있는데, 1부는 파리에서 살아가는 보헤미안스러운 외국인의 모습을 조명하고 있습니다. 한 장면도 술 없이는 등장하지 않을 정도로 술과 무질서로 점철된 부분입니다. 2부에서는 이 등장인물들이 스페인 팜플로나로 투우 축제를 떠납니다. 축제이다 보니 2부에서도 열심히 술을 먹고, 브렛을 사이에 두고 남자들이 서로 싸우기까지 하며 긴장이 고조됩니다. 3부에서는 팜플로나 축제 뒤에 곳곳으로 흩어지는 구성으로 되어 있습니다.

이 3부 구성 속에서 헤밍웨이가 가장 강조한 것은 2부의 투우입니다. 한국인 입장에서 투우가 크게 공감되거나 잘 아는 부분은 아니긴 합니다만, 헤밍웨이의 인생이나 작품, 가치관에서 투우만큼 큰 부분을 차지한 것도 없기 때문에 짚어 보아야 하는 부분입니다.

《태양은 다시 떠오른다》 외에도 헤밍웨이가 평생 쓴 모든 소설의 주제는 한마디로 '스스로의 노력으로 공정하게 세상에서 싸운다'라고 볼 수 있습니다. 여러 역경에도 불구하고 근면한 주인공이 인내와 끈기로 전쟁터 같은 세상에서 이겨 나가는 것을 일관되게 그립니다. 자신의 가치관처럼 이 세상이 대가를 치른 만큼 원하는 것을 얻는 공정한 무대라고 가정할 때 투우만큼 그 정의에 부합하는 것은 없다고 느꼈습니다.

헤밍웨이에게 투우는 인간 본성과 삶과 죽음의 경계에 빛을 비추는 스포츠였습니다. 투우야말로 그가 추구하는 진정한 삶의 방식이었습니다. 때문에 이 첫 장편 소설 이후 쓴 《누구를 위하여 종은 울리나》에서도 필라르가 자신이 사랑했던 투우사와 투우 장면을 회상하는 것이 꽤 비중 있게 다루어집니다. 그리고 《오후의 죽음》 같은 경우 오직 투우만을 소재로 쓴 논픽션이었습니다.

《태양은 다시 떠오른다》에 이어 《무기여 잘 있거라》에 이르기까지 헤밍웨이는 삶이란 죽음으로 향하는 기차에 올라탄 것으로 생각했습니다. 결국 죽음이라는 목적지로 가지만 중간 중간 정거장은 존재하고, 그 정거장들 사이에서 노력하고 최선을 다하는 것이 헤밍웨이가 인생을 바라본 모습이었습니다. 그런데 제1차 세계 대전 이후 죽음을 가장 철저히 눈앞에서 실감으로 느낄 수 있는 곳은 투우 말고는 없었습니다. 투우에서 말과 소는 무조건 죽음을 맞이하고 투우사도 죽기 직전까지 갑니다.

다만, 투우는 정확한 규율과 규칙이 있는 전쟁터였습니다. 무엇보다 헤밍웨이는 속임수를 써서 황소를 죽이는 투우사를 경멸했습니다. 이 소설에 등장하는 로메로는 쉬운 방식을 택하지 않습니다. 가장 어려운 방식으로 황소를 죽입니다. 황소를 피하지 않고 완벽히 가만히 있다가 바짝 다가서서 황소를 찌릅니다. 다른 투우사들은 가짜 몸짓을 하며 뿔과 가까운 척, 위험한 척을 하지만 로메로는 몸도 구부리지 않습니다.

헤밍웨이는 로메로처럼 목숨을 걸고 예술과도 같은 장면을 연출하는 대가를 치러야 진짜 감동을 주고 훌륭한 투우사가 된다고 강조하고 있는 것입니다. 제이크는 팜플로나 투우 축제에 여섯 좌석을 구매해 이 길 잃은 세대들에게 '진실된 행동과 노력이 주는 감동'을 맛보게 해 줍니다.

실제로 2부가 끝나고 3부에서는 주인공들의 변화된 모습이 느껴지도록 구성되어 있습니다. 투우 경기를 보기 전 브렛은 로메로를 보고 남자로 만나 즐길 생각뿐입니다. 하지만 투우를 보고 난 뒤인 3부에서는 도덕의 개념을 찾는 것입니다.

헤밍웨이가 이 소설에서 말하고자 했던 대가의 가치에서 희망적인 것은, 이 대가를 치르는 것이 우리 인생에 긍정적으로 작용한다는 점입니다. 우리는 대가를 치른 만큼 얻게 됩니다. 헤밍웨이가 표현하고 싶었던 노력 외에도 삶을 살아가는 동안 수많은 방식의 대가가 있습니다.

나의 친절의 대가로 얻을 수 있는 것도 있고, 인격이나 지식으로 교환해 얻을 수 있는 것도 있습니다. 돈이 많은 부자가 사고 싶은 것을 더 많이 살 수 있듯이, 늘 웃음을 보이는 친절 부자, 배려가 많은 마음 부자, 또는 내면에 많은 가치를 가진 부자가 인간관계를 살 수도 있을 겁니다.

마찬가지로 자신이 가진 가치보다 더 많은 지출을 하게 되면 빈곤과 파산에 이릅니다. 자신이 가진 가치가 얼마인지 모르고 무언가를 계속 얻으려 하다 보면 정신적인 빈곤, 인간관계의 후회, 지식의 파산에 이를 수 있겠죠. 후회 없이 사는 사람은 아무도 없습니다. 스스로 반성할게 없다는 뜻인데 좋은 의미가 될 수도 없습니다,

우리는 모두 반드시 어떤 대가를 치르며 살게 되어 있습니다.

그 대가를 치르기 위한 준비로 무언가를 많이, 그리고 미리 채워 두어야 합니다. 세상은 다양한 재화를 사고파는 거대한 쇼핑몰이라는 것을 잊지 마세요.

• 《태양은 다시 떠오른다》 원서 같이 읽기

"인생이 이렇게 빨리 지나가고 있는데, 정말 제대로 살고 있지 않다는 생각을 하면 견딜 수가 없어."

I can't stand it to think my life is going so fast and I'm not really living it.

"넌 모든 인생이 흘러가 버리고 있는데 그 삶을 이용하고 있지 않다고 느낀 적 없어? 벌써 네가 살아야 할 날의 거의 절반이나 살았다는 걸 깨 닫고 있냐고?"

Don't you ever get the feeling that all your life is going by and you're not taking advantage of it? Do you realize you've lived nearly half the time you have to live already?

"남아메리카 거지같아! 지금 같은 기분으로는 그곳에 가도 똑같을걸. 여 기가 괜찮은 곳이야. 파리에서 새로운 삶을 시작하지 그래?"

South America hell! If you went there the way you feel now it would be exactly the same. This is a good town. Why don't you start living your life in Paris?

그걸로 된 거겠지. 그런 거야. 여자를 한 남자와 떠나 보냈어. 또 다른 남자와 달아나도록 소개했지. 이제는 그 여자를 다시 데리러 가. 그리고 전보에 '사랑하는'이라고 쓰지. 바로 그런 거였다.

That seemed to handle it. That was it. Send a girl off with one man. Introduce her to another to go off with him. Now go and bring her back. And sign the wire with love. That was it all right.

그것들에 대해 깨닫든지 경험을 한다든지 위험을 무릅쓴다든지 아니면 돈을 내면서 대가를 치렀다. 삶을 즐긴다는 것은 지불한 값어치만큼 얻어 내는 것을 배우는 것이고 그걸 얻었을 땐 얻었단 걸 아는 것이다.

Either you paid by learning about them, or by experience, or by taking chances, or by money. Enjoying living was learning to get your money's worth and knowing when you had it.

5장

경험하고, 실패하고, 다시 일어서라

그리고 헤밍웨이의 말들

○

그리고 헤밍웨이의 말들

헤밍웨이가 생각할 때 글쓰기에 가장 중요한 것은 진지함, 상상력, 그리고 재능이었습니다. 이 가운데 상상력은 경험에서 나오는데, 헤밍웨이는 진정한 경험을 위해 다음과 같은 두 가지 조언을 했습니다.

첫 번째는 관찰입니다. 키웨스트에서 작가 지망생인 마이스와 같이 낚시를 나가며 이런 조언을 합니다. "물고기를 낚는 사람들이 정확히 무얼 하는지 관찰하고, 물고기가 펄쩍 뛰는 동안 사람이 흥분하게 되면 그 흥분의 감정을 준 행동이 정확히 뭔지 기억하라"라고요. 감정의 원천이 무엇인지 찾고, 독자도 똑같은 느낌을 받을 수 있도록 명확히 적어 보라고 말한 겁니다.

두 번째는 경청입니다. 다른 사람의 모든 행동과 감정을 주도면밀하게 관찰하는 데 그치지 말고, 다른 사람을 들여다볼 수 있는 가장 핵심은 경청에 있다는 걸 기억하라는 말이죠. 헤밍웨이는 친구에게 보낸 편지에서 '듣지 않는 것은 작가를 메마르게 한다'라고 쓰기도 했습니다. 생생한 캐릭터의 창조를 위해 작가가 반드시 해야 하는 노력이 경청이라는 것이죠.

이 글은 잡지 《에스콰이어》에 기고한 이야기입니다. 이 이야기를 보며 우리도 헤밍웨이가 한 말을 잘 들어 보면 어떨지 생각하게 됩니다. 그의 머릿속을 들여다보며 가치관과 지혜 등을 알기 위해서는 그가 했던 말들을 잘 들어보는 것이 가장 먼저겠죠. 그래서 대표 작품들 외에 그가 썼던 글들도 모았습니다.

헤밍웨이는 40년 가까이 거의 매일 원고를 썼기 때문에 대표작 외에도 남긴 글이 방대합니다. 또 하나의 특징은 프로 작가로서 확실한 궤도에 오른 이후의 완성형 원고만을 세상에 남겼다는 사실입니다.

사실 헤밍웨이는 이십 대 초반 파리에서 살던 시절에 쓴 원고를 전부 잃어버립니다. 리옹역에서 원고가 담긴 가방을 잃어버린 것입니다. 거의 10년간 쓴 습작들이었습니다. 그는 너무나 충격을 받은 나머지 이 기억을 뇌에서 도려내고 싶다고 말할 정도였습니다. 자신의 목표와 노력 전부가 하루아침에 날아간 것이죠. 《노인과 바다》에서 노인이 상어에게 청새치를 전부 뜯긴 것과 비슷하네요.

인생 말년에는 이 사건을 행운으로 받아들일 여유가 생겼지만, 아직 소설을 출간하지 못한 이십 대 무명 작가로서는 뼈아픈 사건이었습니다. 하지만 그는 부서진 곳에서 강해졌고, 새로운 글을 다시 써 내려 갔습니다. 그리고 지금 우리에게 이토록 완벽한 글만을 남겼습니다.

혜밍웨이의 노벨 문학상 수상 소감을 비롯한 미완성 원고, 지인들에게 보낸 편지, 전설로 자리매김한 미디어와의 인터뷰 들을 발췌해 이 위대한 작가의 글쓰기 비법과 생각들을 톺아보고자 합니다. 모든 글들이 완성형인데다 혜밍웨이는 삶과 글의 연결이 다른 작가들보다 강력하기 때문에, 그가 남긴 수많은 어록에서 강인한 인생관과 코끝이 찡해지는 조언들을 만날 수 있을 겁니다.

중요한 것은
나만의 서사를 만드는 일이다

지적인 사람이 행복하다는 건,

제가 아는 것들 중에 제일 드문 거예요.

Happiness in intelligent people is the rarest thing I know.

《에덴의 동산》

헤밍웨이는 1946년부터 《에덴의 동산》이라는 소설을 집필하
고 있었지만, 자살로 생을 마감할 때까지 원고를 마무리하지 못
했기 때문에 살아생전 출간되어 나오지는 못했습니다. 미완성
인 이 소설은 사망한 이후인 1986년 출간되었습니다. 군데군데
짜깁기하여 출간되었음에도 불구하고 많은 독자가 인간의 복잡
한 욕망과 정체성, 깊이를 가늠할 수 없는 인간 심리에 대한 책
으로 시대를 앞서갔다고 평합니다.

《에덴의 동산》에는 헤밍웨이의 두 번째 배우자였던 파이퍼와 1920년대 말 프랑스 남부로 신혼여행을 떠났던 경험이 녹아 있습니다. 주인공은 미국인 작가인 데이비드 본과 그의 배우자 캐서린, 그리고 이들과 삼각관계에 있는 여성 마리타입니다.

소설의 제목이 '에덴의 동산'인 것에서 알 수 있듯이, 시대는 제1차 세계 대전과 제2차 세계 대전 사이 에덴처럼 평화롭던 시절을 배경으로 합니다. 또한 에덴처럼 아름다운 낙원의 모습을 지닌 프랑스 남부 해안 코트다쥐르를 배경으로 합니다. 헤밍웨이는 모든 식물이 형광으로 빛나는 가장 반짝이는 코트다쥐르에서 가장 어두운 인간의 욕망을 대비시켜 그려 냈습니다.

제목이 《에덴의 동산》인 이유는 헤밍웨이가 이 소설 안에서 남성과 여성의 성 정체성과 성 역할을 다루고 있기 때문이기도 합니다. 캐서린은 머리를 짧게 깎고 남자의 역할을 자처하는 여성입니다. 데이비드와 성 역할을 바꾸는 것은 물론, 여성인 마리타와도 깊은 관계를 맺습니다. 데이비드 역시 마리타에게 빠져듭니다. 상식에서 벗어나는 광기의 삼각관계입니다.

캐서린은 전통적인 성 역할, 여성을 향한 사회적 기대와 규범을 전부 거부합니다. 헤밍웨이는 이 소설에서 데이비드와 캐서린, 그리고 마리타 세 사람의 관계를 통해서 인간의 가장 어두운 면과 밝은 면을 대비하여 보여 줍니다.

헤밍웨이는 파이퍼와의 사이에서 낳은 둘째 아들 그레고리가 여자 옷을 훔치고 스타킹을 신는 등 성 정체성의 혼란을 겪는 것을 본 1940년대부터 이 소설을 집필하기 시작했습니다. 만약 완성되어 그 시절 출간되었다면 상당한 화제가 되었을 작품이지요.

1961년에 사망한 작가의 작품이 25년이나 지난 1986년에 출간된 것은 그만큼 이 소설의 주제인 LGBT가 당시 사회에서 받아들이기 힘들었던 주제라는 사실을 보여 줍니다. 헤밍웨이는 《에덴의 동산》을 통해 사랑에 따르는 소유와 해방, 그리고 자아 성찰을 주로 다뤘습니다.

> "지적인 사람이 행복하다는 건, 제가 아는 것들 중에 제일 드문 거예요."
>
> 《에덴의 동산》

이 대사는 데이비드, 캐서린, 마리타가 바에서 함께 대화하는 장면 중 마리타가 지나가듯 내뱉는 대사입니다. 《에덴의 동산》의 줄거리와 결을 같이 하는 대사는 아니지만 헤밍웨이의 명언을 꼽을 때 빠지지 않고 등장하는 구절이고, 아마도 헤밍웨이가 창조한 문장 가운데 가장 뜨거운 논쟁을 불러일으킨 문장일 겁니다. 헤밍웨이의 문장에 정면으로 반박하여 지적인 능력과 행복에는 아무런 상관관계가 없다고 말하는 사람도 많습니다.

대중에게 널리 알려진 심리 이론 가운데 '더닝-크루거 효과(Dunning-Kruger effect)'라는 것이 있습니다. 코넬 대학교 사회심리학 교수 데이비드 더닝과 대학원생 저스틴 크루거가 코넬 대학교 학부생들을 대상으로 인지편향 실험을 한 결과, 능력이 부족한 사람은 자신의 능력을 과대평가하고 능력이 뛰어난 사람은 자신의 능력을 과소평가하는 현상을 말합니다.

무지하고 능력이 없다면 잘못된 판단으로 잘못된 결론에 도달하더라도 자신이 뭘 잘못했는지 모르기 때문에 상관하지 않습니다. 반대로 능력이 있고 똑똑한 사람은 오히려 자신의 실력을 과소평가하게 되고 열등감에 시달린다는 이론입니다.

당연히 똑똑할수록, 더 많이 알수록 더 비참할 수 있습니다. 오히려 아무것도 모르는 사람은 자신의 무지를 깨닫지 못하기 때문에 역설적으로 더 행복할 수 있죠. 지능이나 지적 수준이 높을수록 세상을 더 잘 이해하게 되고, 당연히 소득 수준도 높아질 수 있으며, 문제 해결 능력 또한 좋아집니다. 이런 것들을 봤을 때는 더 좋아 보이죠.

하지만 지적인 개인은 자기 상황과 주변에 의문을 가지고, 끊임없이 자신의 위치를 평가합니다. 때문에 실존에 대해 예민하게 딜레마를 느끼고, 과잉으로 생각하다 보니 불안할 가능성도 더 높아집니다. 인간의 본질과 진실에 호기심을 가지다 보면 차원 높은 물음에서 답을 구할 때 나오는 도파민의 레벨이 현저히 높기 때문에, 매일매일 순조롭게 흘러가는 단순한 일상에서는 도파민이 나오지 않습니다. 일상에서 행복을 찾는 것이 더 어려워지는 거죠.

워런 버핏과 오랜 기간 같이 투자해 왔던 찰리 멍거는 "행복해질 수 있는 능력은 우리 모두에게 있는데, 현대 사회에서는 전부 비교에 물들어 있고 '쟤보다 행복해야 한다'라고 생각하는 것이 문제"라는 말을 했습니다. 행복해질 능력이 모두에게 있는데 행복하다고 말하는 사람이 아무도 없는 현실을 정확하게 꼬집는 말입니다.

더 똑똑한 사람이 덜 행복한 또 다른 이유는 의사소통할 사람이 상대적으로 적기 때문입니다. 지식의 편차가 조금만 차이가 나더라도 의사소통에 문제가 생깁니다. 인간이라는 종은 기본적으로 사회를 이루어 생활하는 종이라 혼자 고립되어서 살지 못하는데, 더 똑똑한 사람들은 일반적으로 고립을 경험할 확률이 좀 더 높습니다. 의사소통의 범위가 상당히 좁기 때문이죠.

예를 들어, 빌딩 옥상에서 내려다보는 사람은 빌딩 사이 길이 훤히 보일 것입니다. 하지만 평지에 서 있는 사람은 빌딩들에

시야가 막혀 있기 때문에 길을 찾는 데 상당히 헤맬 수 있죠. 건물 1층에 있는 사람과 옥상, 아니 2~3개 층 정도만 차이가 나도 사물과 현상을 보는 시각이 달라지기 때문에 의사소통이 어려워집니다.

가장 불행한 것은 '내가 뭔가 더 해낼 수 있다'라는 잠재력을 알지만, 그 수준에 도달하지 못했다는 걸 어느 시점에 깨닫는 것입니다. 평론가 출신의 소설가들도 이런 한계를 많이 느낀다고 합니다. 좋은 소설이나 훌륭한 소설이 무엇인지 너무나 잘 알지만, 스스로 그 소설을 쓰기에는 역부족으로 느껴지는 것입니다. 헤밍웨이도 자신의 글이 잘 쓴 것인지 아닌지 끊임없이 생각하는 우울증이 있다고 말할 정도였죠.

이 소설에서 데이비드는 작가이고 캐서린 역시 데이비드의 성공을 질투하는 능력 있는 여자로 나옵니다. 둘 다 충분히 반짝일 수 있는 위치입니다. 하지만 실상은 그렇지 않죠. 끊임없이 변화를 추구하는 똑똑한 캐서린에게는 더 이상 도파민이 나올 출처가 없는 겁니다. 오히려 세상을 많이 알기 때문에 행복을 추구하는 데 부담을 느낀다면, 이런 사람은 과연 어떤 때에 행복해질 수 있을까요?

납득할 만한 행복을 찾아라

매년 많은 사람이 새로운 결심을 하며 1월 1일을 맞이합니다. 그중에서 "올해는 좀 더 행복해질 거야!"라는 결심은 가장 보편적일 겁니다. 사람은 언제 행복해질까요? 한 연구 결과에 따르면 사람은 대개 자신의 이야기를 할 때 행복하다고 합니다. 물론 많은 조건이 전제되는데, 우선 내 이야기를 할 수 있으려면 들어 줄 누군가가 있어야 합니다. 내 말을 진정성 있게 경청하는 사람이 있다는 건 정말 드문 행복이겠죠.

그리고 또 중요한 한 가지는 나만의 이야기를 갖고 있어야 한다는 겁니다. 서사 있는 사람보다 더 근사한 게 있을까요? 들어 줄 사람이 있어도 내가 할 말이 없다면 무슨 소용이 있겠습니까? 진실한 친구를 만나더라도 이야깃거리 하나 없이 매번 날씨 얘기, 쇼핑 얘기만 할 수는 없지 않을까요? 내 인생에 담긴 이야기가 많아야 합니다.

내재된 이야기가 풍부한 다차원적인 사람이 되려면, 우선 경험이 많은 사람이 되어야 합니다. 여기서 말하는 경험이란 나에 대해서 스스로 알게 되고, 인생을 깨달은 경험을 말합니다.

헤밍웨이가 자살로 생을 마감하기 전 쓰고 있던 책은 그의 회고록인데, 사망한 뒤 《파리는 날마다 축제》라는 제목의 미완성 원고 그대로 출간되었습니다. 헤밍웨이가 자신의 이십 대 파리 시절을 기록한 원고인 이 책을 보면, 다음과 같이 파리를 찬양하고 있습니다.

"만약 당신이 젊은 시절 파리에서 살아볼 만큼 행운이 가득하다면, 남은 인생 내내 파리는 날마다 축제처럼 당신과 함께할 것이다."

《파리는 날마다 축제》

헤밍웨이에게 파리는 축제였습니다. 일생 내내 마음속에서 살아 숨 쉬며 아름다운 폭죽을 터트리는 축제였지요. 물론 당시의 헤밍웨이는 아주 가난했습니다. 특파원의 월급은 보잘 것 없었고, 그마저도 스타인의 조언에 따라 그만 둔 뒤로 아들 범비까지 태어나는 바람에 생계 자체가 어려웠습니다.

출판사로 투고한 원고는 매번 되돌아왔고, 식당에 가서도 먹고 싶은 음식을 제대로 시키지 못했으며, 늘 걱정하지 말자고 스스로 다짐하는 일밖에 할 수 있는 게 없었습니다. 그리고 첫 번째 배우자인 엘리자베스 해들리의 친구였던 파이퍼를 만나 사랑에 빠지면서 해들리와 이혼하기도 했습니다.

하지만 그럼에도 헤밍웨이는 평생 파리를 사랑했습니다. 대학을 나오지 않은 그에게 파리는 곧 대학이었습니다. 인생에서 배워야 할 모든 것을 파리에서 배웠기 때문이죠. 헤밍웨이에게 있어 파리는 추억과 경험이 찡하게 응축된 그만의 축제였습니다. 그는 이 책에서 "추억은 배고픔이다(Memory is hunger)"라는 표현도 썼습니다. 만약 현실이 배부를 정도로 만족스럽다면 우리가 추억을 꺼내 볼 일도 없겠죠. 찡한 추억이란 일상이 지칠 때 우리를 또 한 번 살아가게 하는 영양제 같은 존재입니다.

헤밍웨이가 세계적인 베스트셀러 작가가 되고, 퓰리처상과 노벨 문학상까지 수상한 전설적인 작가가 되고 나서도 가장 그리워한 곳이 바로 파리였습니다. 세계의 인정과 물질적인 풍요로움 속에서도 그는 결핍을 느꼈고, 이를 채울 수 있는 것은 젊은 날 행복한 파리의 추억이었기 때문입니다.

많은 예술가가 공통으로 중요하게 꼽는 것이 '젊은 날의 참 경험'입니다. 헤밍웨이는 이야기 많은 사람이 되기 위해 전쟁, 사냥, 낚시, 아프리카 여행을 비롯한 유럽 전체를 돌아다녔습니다. 그는 자신에게 내재된 이야기를 계속 꺼내어 쓰며 상상력을 입히는 방식으로 자신만의 탄탄한 세계관을 만들었습니다. 전 지구를 무대로 너무 많은 체험을 하다 보니 미국인 작가임에도 미국을 배경으로 한 소설이 거의 없다는 것이 아이러니할 정도이죠.

세계적 건축가 안도 타다오도 비슷합니다. 안도는 이십 대 시절 모든 돈을 털어 유럽으로 떠납니다. 어려운 집안 사정 때문에 등록금이 없어 대학을 가지 못했던 그는 마음속에 건축가의 꿈을 키우고 있었는데, 앞날에 아무 것도 확실한 것은 없었지만 돈보다 경험, 즉 여행이 중요하다는 걸 본능적으로 알고 있었습니다.

유럽을 향해 배를 타고 떠나기 전엔 친구들을 불러 전쟁에 나가듯 술까지 돌려 마시고 비장한 각오로 떠났다고 합니다. 돈은 없어도 내 안에 무언가 남으면 그것으로 된다는 생각이었습니다. 이때 유럽에서 그리스 아테네 파르테논, 프랑스 롱샹 순례자 성당, 이탈리아 로마 판테온을 본 것은 두고두고 건축가로서 그의 자양분이 되었습니다. 나를 채우는 것! 그것이 바로 훗날 나를 살아가게 하는 찡한 경험이자 나의 이야깃거리가 됩니다.

요즘은 많은 사람이 여행을 다닙니다. 하지만 여행을 다녀온 경험이 기억에 남지 않고 사라진다면 여행하는 의미가 없을 겁니다. 그만큼 기억은 여행에서 중요한 부분입니다. 어떤 장소에 대한 서사와 감정이 맞물려 남은 기억을 우리는 추억이라 부르는 것입니다. 이런 서사와 감정 같은 것들이 바로 행복의 핵심은 아닐까요?

현대 사회는 모든 사람이 감정에 노력을 부여하고 있는 것 같습니다. 사실 기쁘거나 슬프거나 하는 감정은 노력으로 얻어지는 것이 아닙니다. 즐거움을 느끼면 저절로 입꼬리가 올라가며 웃음이 나오고, 감동적인 것을 보면 저절로 울컥하며 코끝이 시큰해져야 합니다.

행복 역시 그렇습니다. 스스로에게 행복하다고 세뇌해서 얻어지는 것이 아닙니다. 하지만 현대인들은 '웃어야지', '우울하지만 노력해야지'처럼 행복을 얻기 위해 부단히 애쓰는 모습입니다. 뇌가 스스로 '아, 그래 이게 행복이지!'라고 납득할 만한 감정을 찾으려면 우선 행동을 해야 합니다. 그리고 그에 따른 '경험'과 현재의 '감정'을 얻으세요.

헤밍웨이와 비슷한 시기에 활동한 작가 니코스 카잔차키스가 쓴 《그리스인 조르바》라는 소설이 있습니다. 주인공인 화자는 책과 종이에 둘러싸여 있던 자신의 지식과 인생이, 하나하나 몸으로 부딪쳐 현재를 사는 조르바의 지혜를 따라갈 수 없다는 사실에 괴로워합니다. 이 소설은 독자에게 '인간은 살면서 얼마나 감정의 자유를 누리고 살아가는가' 하는 질문을 던집니다.

요즘은 자신의 감정을 제대로 정의하지 못하고 뭉뚱그리는 사람들이 많습니다. 기분이 좋아도 왜 좋은지, 기분이 나빠도 왜 나쁜지 알지 못하기 때문에 '좋다' 또는 '열받아'와 같이 뭉뚱그려서 표현합니다. 어릴 적부터 학교에서 이런 교육을 받지 않왔기 때문에 자신의 감정을 자세히 세분화해 나눌 줄 모르는 겁니다.

또한 주변 가족이나 친구에게 민폐를 끼치지 않기 위해서 자신의 감정에 브레이크를 거는 사람도 많습니다. 하지만 일단 감정을 풀어 주고 직접 행동하면 조르바처럼 자신의 이야깃거리가 많아지고 그 경험들로 행복해질 수 있습니다. 인생에서 최고의 선생님은 경험이고, 그 경험에서 생기는 감정들이 우리를 행복하게 해 줄 가능성을 높인다는 뜻입니다.

마음을 따르는 삶을 살며, 아름다운 이야기가 내면에 남은 사람은 명랑하고 행복한 마음 근육이 짱짱하게 자리 잡고 있습니다. 이야깃거리가 많다는 것은 일하는 데 있어서 남들과 차별화되는 영감을 주는 것은 물론, 살아가는 내내 자부심이 됩니다. 단편적인 지식이 주지 못하는 입체적인 행복은 이런 곳에서 나옵니다.

노력 없는 재능은
존재할 수 없다

그가 자신의 재능을 파괴한 건 활용하지 않았기 때문이야.

He had destroyed his talent by not using it, by betrayals of himself.

《킬리만자로의 눈(The snow of Kilimanjaro)》

혜밍웨이의 대표작은 대부분 장편 소설이지만, 본래 작가로서의 시작은 시와 단편 들이었습니다. 시는 훌륭하게 꼽을 작품이 드물지 모르지만, 단편집은 꽤나 멋진 작품들이 많습니다. 그 중에 1936년 8월, 잡지 《에스콰이어》에 실렸던 단편 소설 《킬리만자로의 눈》에는 주목할 만한 혼잣말이 등장합니다.

주인공은 작가인 해리입니다. 그는 아프리카 사파리에서 사소한 실수로 다리가 썩어 가고 있습니다. 영양 사진을 찍으려다가시에 긁힌 것입니다. 요오드를 바로 바르지 않는 바람에 상처가 감염되었고, 항생제가 바닥난 바람에 석탄산을 썼는데 그게 하필 혈관을 마비시켜 괴저가 생긴 것입니다. 역시나 헤밍웨이의 다른 소설들처럼 이해할 수 없는 죽음이 갑작스레 찾아오는 인생의 허무함을 얘기하고 있습니다.

설상가상으로 해리를 구할 비행기는 오지 않고, 그는 캠프에 갇혀 있습니다. 죽음이 다가오는 그의 곁에 배우자 헬렌이 있지만, 그는 헬렌을 사랑한 적이 없다고 말합니다. 사실은 계속 왔다 갔다 합니다. 내면이 정리되지 않았기 때문입니다.

죽음이 다가온 순간에 해리는 두려움도 느끼지 않고 죽음에 무관심하지만, 아쉬움은 남는 자신의 삶을 회상합니다. 이 아쉬움을 헬렌의 탓으로 여기는 겁니다. 그는 부유한 헬렌과 결혼하여 편안한 생활을 누리는 바람에 간절함을 잃었고, 그 때문에 글을 쓰지 못하게 된 것을 후회합니다. 그리고 스스로의 재능을 의심합니다. 모든 것을 쓰고 기록했어야 했다는 후회를 하면서, 해리는 파리를 떠올립니다.

《킬리만자로의 눈》은 해리의 생각과 독백 들로 이루어져 있습니다. 소설 속 주인공인 해리는 정확히 헤밍웨이의 모습입니다. 해리는 제1차 세계 대전을 겪었고, 파리 생활은 가난했으며, 나중에는 경제적으로 넉넉한 사교계 유명인이 되어 세계를 돌아다니며 사냥을 했습니다.

이 소설을 쓴 시점은 헤밍웨이와 파이퍼의 결혼 생활이 막바지를 향해 치달을 때였습니다. 헤밍웨이는 첫 번째 배우자였던 해들리와 파리에서 가난하게 살던 시절 부유한 파이퍼를 만나 두 번째 결혼과 함께 경제적으로 편안한 생활을 누립니다.

파이퍼는 자신만이 헤밍웨이가 재능을 펼칠 수 있도록 재정적으로 뒷바라지할 수 있는 적임자라고 생각했습니다. 하지만 파이퍼와 함께 살면서 헤밍웨이는《무기여 잘 있거라》이후 제대로 된 소설을 펴내지 못했습니다. 노력 없이 재능을 썩히고 있는 해리의 후회는 헤밍웨이의 후회였습니다.

실제로 헤밍웨이가 친구에게 말하길, 만약 자신이 해리처럼 되면 어떡해야 하나 미리 상상력을 발휘해 본 것이라고 했습니다.《무기여 잘 있거라》로 미국을 대표하는 세계적인 작가로 우뚝 섰어도 여전히 해리 같은 불안감을 가지고 있었다는 점에서 위안이 되기도 합니다.

놀라운 점은 이 소설 속 해리의 불안, 즉 헤밍웨이의 불안이 스스로의 게으름 때문이었다는 것입니다. 보통은 대중적 인기가 성공의 척도가 되는 분야의 경우 자신의 입지가 흔들리거나 경쟁자가 쫓아오거나 자신을 대체할 사람은 얼마든지 많다는 사실 때문에 불안해하는 경우가 많습니다. 하지만 헤밍웨이는 불안한 순간에도 주변 상황보다는 스스로에 초점을 맞추었습니다. 출판업계의 변화나 또 다른 베스트셀러 작가의 등장보다 스스로의 나태함만을 후회한 것입니다.

《킬리만자로의 눈》의 발표 이후 보여 준 헤밍웨이의 행보는 역시 헤밍웨이답습니다. 작가로서 반드시 지켜야 할 성실함과 의지를 계속해서 지켜 나간 것입니다.

그는 세상 어디로 가든 글을 썼고, 스페인 내전을 취재하러 떠나면서 《누구를 위하여 종은 울리나》를 발표하며 건재함을 보여 주었습니다. 새로운 대작은 언제나 이전보다 성장한 것을 보여 주었고, 더 심오한 가치관을 얘기하며 독자와 비평가 들을 매혹시켰습니다.

헤밍웨이의 1954년 노벨 문학상을 수상 연설을 보면 이러한 성실함을 제대로 엿볼 수 있습니다.

글을 쓴다는 건 가장 최고일 때마저도 외로운 삶입니다. 작가를 위한 조직은 작가의 외로움을 달래 주지만, 더 나은 글쓰기를 하게 해 줄지는 의문입니다.

대중의 인기가 높아지고 외로움을 벗어 던지게 되면 작품은 퇴화해 버립니다. 작가는 혼자 일해야 하고, 훌륭한 작가라면 매일 영원을 직면하며, 또는 영원이 존재하지 않음을 직면해야 하기 때문입니다. 매일매일요.

진정한 작가에게 한 권 한 권의 책은 그가 다다를 수 없는 것에 다시 시도해 보는 것이어야 합니다. 이전에 해 본 적이 없는 것 또는 다른 작가가 시도했지만 실패했던 그 무언가를 향해 나아가야 합니다. 그러면 가끔 큰 행운이 따라 주면, 그는 성공할 것입니다.

1954년, '노벨 문학상 수상 연설'

헤밍웨이는 이 수상 연설을 통해 작가는 늘 이전보다 더 노력하는, 이전에 해내지 못한 것을 해내야 한다고 말합니다. 경쟁자보다 우월해지는 것은 멋진 일이 아니었습니다. 이전의 자신이 해내지 못했던 것에 새로 도전하여 해냈을 때, 그게 진짜 멋진 일이었습니다.

혼자서 고독하고 묵묵하게 늘 새롭게 시작하며, 어제의 나보다 더 나은 삶을 살기 위해 매일매일 도전하고 노력했던 헤밍웨이이기에 해리의 모습을 이겨 내고 노벨 문학상도 수상할 수 있던 게 아닐까 싶네요.

재능도 노력으로 지켜야 한다

헤밍웨이가 가장 친하고 좋아했던 친구 중에는 미국을 대표하는 작가 피츠제럴드가 있습니다. 헤밍웨이는 파리에서 특파원으로 일하던 무명 시절에 그를 알게 되었습니다. 모두가 알다시피 피츠제럴드는 《위대한 개츠비》를 쓴 미국 문학사의 상징적 작가입니다. 하지만 그 소설 이전에 피츠제럴드는 이미 《낙원의 이쪽》이라는 소설로 문학계의 아이돌로 자리매김한 상태였습니다.

피츠제럴드는 롤스로이스를 타고 다니는 등 흥청망청하고 화려한 미국 생활 이후 아내인 젤다 세이어와 함께 프랑스로 건너와 헤밍웨이 부부를 만나게 됩니다. 두 사람이 만날 당시 피츠제럴드는 미국에서 모르는 사람이 없을 정도의 유명인이었고, 헤밍웨이는 아직 첫 소설도 내지 못한 무명의 작가였습니다.

하지만 피츠제럴드는 헤밍웨이의 글을 보고 그에게 대단한 잠재력이 있다는 것을 한 눈에 알아보았습니다. 그리고 헤밍웨이를 자신의 책 편집자 퍼킨스에게 추천했지요. 퍼킨스는 찰스 스크리브너 선스 출판사의 편집자로, 당시 미국 문학사에 큰 자취를 남긴 작가들의 작품을 알아보고 데뷔시킨 능력자였습니다. 헤밍웨이는 피츠제럴드의 추천으로 퍼킨스와 함께 《태양은 다시 떠오른다》를 출판하게 됩니다.

피츠제럴드는 진심으로 헤밍웨이를 애정하고, 응원하고, 지원했습니다. 헤밍웨이가 잘되면 자기 일처럼 기뻐했습니다. 아버지가 돌아가신 사실을 알았을 때 헤밍웨이가 급히 돈을 부탁했던 세 명 가운데 가장 빠르게 돈을 보내 준 사람도 피츠제럴드였습니다.

하지만 피츠제럴드의 문제는 알코올 중독에 가까운 과음과 종잡을 수 없는 배우자 젤다의 존재였습니다. 헤밍웨이는 매일 젤다와 파티에서 술을 마시고 다음날이면 골골대며 글을 쓰지 못하는 피츠제럴드의 능력이 안타까워 계속해서 그에게 조언했지만 먹히지 않았지요. 그리고 피츠제럴드의 이해할 수 없는 과잉의 오지랖과 괴팍한 술주정도 헤밍웨이를 피곤하고 힘들게 했습니다.

그럼에도 피츠제럴드는 곧《위대한 개츠비》라는 눈부신 고전을 써 냈고, 이를 읽은 헤밍웨이는 피츠제럴드의 꼴사나운 술주정을 전부다 용서하기로 맘먹을 정도로 그의 능력을 아꼈습니다. 그러나 안타깝게도 피츠제럴드는 그가 사망할 때까지《위대한 개츠비》의 초판도 다 팔지 못했습니다.

신간의 판매 부진 이후 피츠제럴드는 무너졌습니다. 정신병원에 입원한 젤다의 입원비를 대기 위해 할리우드에서 시나리

오를 검토해 주거나, 잡지사에 기고 글을 헐값에 팔아넘기며 자신의 찬란한 능력을 갉아먹습니다. 그토록 천재적인 작가가 몰락의 길을 걷게 된 것입니다.

훗날 헤밍웨이는 그의 미완성 회고록인 《파리는 날마다 축제》에서 피츠제럴드의 아름다운 능력을 '나비의 날개가 만드는 무늬'에 비유했습니다. 스스로 그렇게나 아름다운 무늬를 만들어 내는지조차 모르는 가엾은 나비가 날개를 잃어가는 것도 모른다는 표현은 피츠제럴드의 상황을 은유한 것입니다.

> "그의 재능은 나비 날개에 묻은 먼지로 만든 무늬만큼이나 자연스러웠다. 한때 그는 나비가 이해하지 못하듯 그 현상을 이해하지 못했고, 어느 사이에 무늬가 없어지고 손상된 것인지 알지 못했다. 나중에 그는 다친 날개와 구조를 의식하게 되었고 생각하는 법을 배웠지만, 더 이상 날 수 없었다. 나는 것에 대한 애정이 사라졌고 저절로 날던 때를 기억만 할 수 있게 되었기 때문이다."
>
> 《파리는 날마다 축제》

작가로서의 타고난 역량은 헤밍웨이보다는 피츠제럴드가 더 컸을 수 있습니다. 헤밍웨이는 선천적인 재능도 있었지만, 치열한 노력형의 작가였거든요. 매일 써야 하는 단어 개수와 특정 시간을 정해 놓고 단 하루도 빠짐없이 글을 썼고, 최고의 소설을 쓰는 최고의 작가가 되겠다는 단단한 의지로 가득 차 있었습니다.

이에 비해 피츠제럴드는 신에게 부여 받은 능력이 빛나는 천상 작가였습니다. 아내 젤다가 사치스런 생활을 유지하기 위해 흥청망청 돈을 쓰며 빚까지 지고, 매력만점의 젤다가 파티에 가서 다른 남자들과 어울리는 것을 지켜보며 괴로워하고, 과음하는 젤다를 따라 함께 술을 마시느라 제정신인 날이 얼마 없는 상황에서도 걸작 중의 걸작인《위대한 개츠비》를 써 냈기 때문입니다. 누구나 동경하는 상류층의 속살이 실제론 전혀 아름답지 않고 우러러 볼 게 못된다는《위대한 개츠비》소설 속에 담긴 메시지도 절묘하고 훌륭합니다.

하지만 피츠제럴드는 결국 알코올 중독에 의한 심장마비로 고작 45세에 세상을 떠났고, 말년에는 자신의 인생을 실패작으로 여겼습니다. 헤밍웨이가 1926년 돈 걱정으로 전전긍긍하던 피츠제럴드에게 보낸 편지를 보면, 이제《위대한 개츠비》영화 판권을 따냈으니 돈 걱정은 하지 않아도 되며, 그토록 훌륭한 소설을 썼으니 노벨 문학상도 타게 될 거라고 격려하는 문구가 나옵니다. 하지만 아이러니하게도 노벨 문학상은 훗날 헤밍웨이가 받게 됩니다.

　피츠제럴드도 괴로운 인생이었지만, 헤밍웨이도 못지않았습니다. 어쩌면 더 괴로웠을 수도 있습니다. 앞에서 언급했듯 그의 모든 습작 원고를 잃은 적이 있었고, 《무기여 잘 있거라》를 탈고하기 전에는 아버지가 자살로 생을 마감하며 그에게 빚을 잔뜩 남깁니다. 그는 아버지를 인생에 맞서지 못한 겁쟁이라 표현하며 용서하지 못했습니다.

　《오후의 죽음》을 집필할 때는 자동차 사고로 오른팔이 골절되었고, 《가진 자와 못 가진 자》를 집필할 때는 경쟁 작가인 맥스 이스트먼과 얼굴을 때리며 치고 박고 싸웠습니다. 심지어 출판사 사무실에서요. 마흔이 다 된 작가에게 이런 사건이 있다는 게 우습지만, 당시 《뉴욕 타임즈》지에 3일 연속 보도될 정도로 심각한 사건이었습니다.

　이 뿐만이 아닙니다. 네 번의 결혼과 네 명의 배우자 중 세 번은 모두 안 좋게 끝을 맺었고, 세 번째 결혼이었던 마사 겔혼과의 결혼 생활은 겔혼의 소속이었던 《콜리어》지 특파원을 본인이 대신 가면서 갈등이 최고조에 달했습니다. 일밖에 모르던 겔혼이 종군 기자로 가게 되자, 그 일을 자신의 명성을 이용해 빼앗은 것이었죠.

　《강 건너 숲속으로》 집필 때는 두 번이나 심각한 안구 감염이 일어났고, 《노인과 바다》 집필 중에는 아들 문제로 싸우다가 두 번째 배우자 파이퍼가 세상을 떠났습니다.

하지만 헤밍웨이는 개인적으로 몸이 아프거나 가정과 인간관계에 갈등이 심했을 때도 꾸준하게 글을 썼습니다. 육체적 고통이든 정신적 고통이든 아랑곳하지 않는 지독한 일관성은 대단하다는 말밖에 할 수 없네요. 헤밍웨이 역시 글쓰기가 지겨울 때도 있었고 매너리즘에 빠질 때도 있었지만 결국 다시 책상 앞으로 돌아왔습니다. 그리고 퓰리처상과 노벨 문학상까지 수상하게 되지요.

노벨 문학상 수상도 그를 느슨하게 하지 못했습니다. 아프리카를 여행하던 중 비행기가 추락해 자신의 사망 기사가 뉴스를 뒤덮었지만 치명적인 부상에도 살아남았고, 이 때문에 건강이 나빠져 노벨 문학상 시상식에 참여하지 못했지만 계속해서 원고를 쓰고 있었습니다.

꿈과 목표 이 두 녀석들은 질투가 많습니다. 자신들에게 완전히 헌신하지 않으면 눈길조차 주지 않지요. 다른 데 신경 쓰는 것을 못 참고 떠나 버립니다. 때문에 재능만으로는 한 분야에서 인정받기 어렵습니다. 일관성과 노력이라는 진리에 의해서 인정받는 것이지요. 피츠제럴드의 몰락은 아무리 훌륭한 재능도 목표와 노력 없이는 빛을 잃는다는 것을 알려 줍니다. 누구든 다리 하나로 설 수 없는 것처럼, 재능도 홀로 설 수 없습니다. 노력이라는 다른 다리가 꼭 필요합니다.

삶이 산산조각 나지 않기 위해
필요한 최소한의 것

홀륭한 작가가 되기 위해 가장 필요한 재능은 타고난,
충격에 견디는 엉터리 감지기입니다.

The most essential gift for a good writer is a bult- in,
shockproof, shit detector.

1958, 《파리 리뷰(Paris Review)》

노벨 문학상 수상 이후 헤밍웨이가 《파리 리뷰》지와 진행했
던 인터뷰는 무려 A4 21장에 이르는 분량입니다. 우리나라에서
도 《작가란 무엇인가》라는 제목으로 《파리 리뷰》 인터뷰 집이
출간되어 있습니다.

이 책에는 가브리엘 가르시아 마르케스, 토니 모리슨 같은 노
벨 문학상 수상자 뿐 아니라 이언 매큐언, 스티븐 킹, 밀란 쿤데
라처럼 문학 애호가를 설레게 하는 '소설가들의 소설가'의 인터

뷰도 있습니다. 작가들의 내밀한 속생각을 들여다볼 귀한 기회지요.

헤밍웨이는 이 인터뷰 마지막에 훌륭한 작가가 되기 위해 가장 필요한 재능으로 '충격에 견디는 엉터리 탐지 능력'이 작가 안에 내재되어 있어야 한다는 점을 꼽았습니다. 여기서 헤밍웨이가 표현한 엉터리(shit)는 여러 가지로 해석될 수 있습니다. 일단 진실하지 못한 것은 그에게 모두 엉터리였습니다. 헤밍웨이는 그 누구보다도 진실한 문장을 갈구했던 작가이기 때문입니다.

헤밍웨이가 무명시절부터 노벨 문학상을 수상한 이후까지도 스스로 다그치며 외웠던 만트라는 '하나의 진실된 문장(one true sentence)'이었습니다. 문학계에서는 '헤밍웨이=하나의 진실된 문장'이라고 정의할 정도로 그를 대변하는 표현입니다.

단어, 문장, 단락, 소설 전체가 진실되어야 했기 때문에 그는 경험하지 않은 것은 글로 옮기지 않았습니다. 모든 작품 하나하나가 그의 삶 자체였습니다. 다른 어느 작가보다도 헤밍웨이의 작품은 그의 인생과 주변 사람을 알아야만 제대로 이해할 수 있습니다.

진실한 문장을 탄생시키기 위해 그는 누구보다 자신에게 가혹했습니다. 비평가들이 칼날을 들이대기 전에 진실되지 못한 자신의 글을 스스로 도려내야 했습니다. 자신에게 끊임없이 질문해야 했기에 꼭 필요한 것이 바로 상처와 충격을 이겨 내는 능력이었습니다.

헤밍웨이가 이토록 인생을 치열하게 경영했음에도 언뜻 그렇게 보이지 않을 수도 있습니다. 그의 대표작들은 오랜 공백 끝에 세상에 나오곤 했거든요. 《태양은 또다시 떠오른다》와 《무기여 잘 있거라》의 공백은 3년 정도지만, 그 후 《누구를 위하여 종은 울리나》와 《노인과 바다》 등은 최소 10년의 공백이 있었습니다.

이 긴 시간이 외부에서 볼 때 끊임없이 쓰던 것처럼 보이기는 어려울 겁니다. 하지만 확실히 말할 수 있는 것은 헤밍웨이는 일생 내내 쓰고 있었다는 점입니다. 언제나요.

헤밍웨이는 언제나 진실한 문장을 담아 장편, 단편, 산문, 잡지 기고 등을 썼고, 원고를 쓰지 않을 때는 편지를 썼습니다. 친구에게 편지를 쓰는 것이 그의 휴식이었습니다. 거대한 상상력을 펼치는 열정으로 달려 나가다가도, 다음날의 주스(36쪽 참고)를 위해 집필을 서서히 멈춰야 할 때가 되면 브레이크 역할로 편지를 썼습니다.

때문에 헤밍웨이의 편지는 우리가 보통 생각하는 편지 이상의 의미를 지닙니다. 헤밍웨이는 정신과 의사에게 찾아가 상담하는 것보다 편지가 훨씬 더 나은 기능을 한다고 생각했습니다. 일을 하지 않을 때도 일을 한 것 같은 착각을 줘서 좋아하기도 했습니다. 소설 원고이든 편지이든 글을 쓴다는 행위 자체는 똑같으니 이런 생각을 할 수 있었을 것 같습니다.

헤밍웨이가 여러 친구에게 보낸 편지의 문장들에는 욕도 많고 자책이나 불평도 많습니다. 그렇지만 그는 편지에서 하고 싶은 마음속 이야기를 많이 쏟아 냅니다. 원고 작업의 마무리 단계에는 늘 누군가에게 편지를 쓰고 있었지요.

그 중에서도 헤밍웨이가 피츠제럴드에게 보낸 1934년 5월 편지의 모든 문장은 전부 명언이라 부를 법합니다. 피츠제럴드는 이 당시 헤밍웨이에게 새로 집필한 장편《밤은 부드러워》를 보냈습니다.《위대한 개츠비》이후 거의 10년 만에 출간된 소설이었지만, 결국 그의 마지막 장편 소설이 된 작품입니다.

헤밍웨이는《밤은 부드러워》를 읽고 가차 없이 냉철한 평가를 내립니다. 헤밍웨이가 생각할 때 피츠제럴드는 '엉터리 탐지기'가 고장 난 상태였습니다. 진실한 문장이 하나도 없었던 것입니다. 등장인물은 진실성이 느껴지는 허구가 아니라 그냥 붕 뜬 허구였고, 피츠제럴드의 연약한 정신 상태로 인해 충격 방지 능력은 형편없었지요. 헤밍웨이는 피츠제럴드에게 신랄한 평가를 하면서도 그의 기분이 다칠까봐 조심하는 면을 보입니다.

"발명은 가장 멋진 거지만 실제로 일어나지도 않은 걸 발명할 수는 없어. 발명이란 우리가 최선을 다할 때 해야만 하는 거야. 다시 잘 만들어 봐. 나중에 마치 그대로 일어날 법하게 진실하게 만들어 보라고. (중략) 누구보다 글을 잘 쓸 수 있는 너는 미친 재능으로 잘 써야만 해. 스콧, 제발 써. 진실되게 쓰라고. 누군가를 또는 무언가를 상처 주더라도 바보 같은 타협은 하지 마.

1934.5.28"

《어니스트 헤밍웨이: 엄선된 편지들(Ernest Hemingway: Selected Letters)》

피츠제럴드를 친구로서 아끼는 그의 마음이 가득 드러나는 편지입니다. 첫 소설인 《태양은 다시 떠오른다》와 《무기여 잘 있거라》를 출간하던 때는 피츠제럴드가 그에게 이런저런 조언을 했지만, 이제는 입장이 바뀌었습니다. 피츠제럴드는 걱정이 많고 연약했습니다. 《위대한 개츠비》의 판매 부진에 젤다의 정신병이 겹치며 이는 더욱 심해졌습니다.

헤밍웨이는 다른 이를 상처 주더라도 타협하지 말고 쓰라고 말합니다. 사실 헤밍웨이가 로망 아클레(176쪽 참고) 방식으로 《태양은 다시 떠오른다》를 집필했을 때는 등장인물이 누군지를 단번에 알 수 있었기 때문에 어느 면에서 주변인에게 상처를 주는 방식이기도 했습니다. 실제로 친구들에게 소설 속에서 날 왜 그렇게 그렸냐는 불평을 듣기도 했습니다.

하지만 피츠제럴드는 그렇게 하고 싶지 않았습니다. 상처를 받고 싶지도 않았지만, 상처를 주고 싶지도 않았던 것입니다. 스스로를 마주하고 마음 깊은 곳에서 진실을 길어 올리는 것은 꼭 글쓰기뿐 아니라 우리가 인생을 살아가며 반드시 거쳐야 할 관문이기도 합니다.

자기 연민을 거부하라

사실 이때 피츠제럴드는 이미 저물어 가는 작가였고, 헤밍웨이는 뜨는 작가였습니다. 그렇게 된 이유는 다음의 편지에서 알 수 있습니다.

"개인적인 비극은 잊어버려. 우리 모두는 태어날 때부터 고통받고 있고, 진지하게 글을 쓰기 전에는 특히 최악으로 상처받아야 하는 거야. 심하게 상처받았을 때 피하지 말고 그걸 이용해야 하지. 과학자같이 그 경험을 충실하게 쓰되, 그게 아주 중요하다고는 생각하지 마. 왜냐하면 그건 너한테든 또는 지인 누구에게든 일어나는 일이니까."

《어니스트 헤밍웨이: 엄선된 편지들》

친구한테 이렇게 진심 가득한 충고를 할 수 있다니, 둘의 사이가 어떠했을지 쉽게 짐작이 갑니다. 이 당시 피츠제럴드의 배우자 젤다는 정신분열증으로 자살 시도뿐 아니라, 본인이 운전하는 차로 남편과 딸을 태우고 벼랑에서 추락하려는 시도 등으로 정신병원에 입원해야 했습니다. 그에 더해 아버지가 돌아가시며, 피츠제럴드는 경제적으로도 매우 힘들었습니다. 술을 많이 마시게 된 것은 자연스러운 수순이었습니다.

하지만 그를 몰락시킨 치명적인 문제는 자신의 상처에 스스로 빠져 잠겨 있었다는 사실입니다. 그는 자기연민만 200퍼센트 쯤 가진 사람이었습니다. 남들이 다 겪는 일도 자신이 겪으면 비극적인 영화의 주인공이 된 것처럼 여겼습니다.

피츠제럴드는 헤밍웨이와 함께 프랑스 리옹으로 여행을 떠났을 때도 마찬가지였습니다. 자신이 마치 불치병으로 죽어가는 영화의 주인공인 것처럼 행동하고 말하며 헤밍웨이를 질리게 만들기도 한 것입니다.

헤밍웨이는 그런 피츠제럴드의 행동이 글쓰기에 전혀 도움되지 않는다고 생각했습니다. 상처는 누구에게나 있다고 편지에

254　　새벽이 오기 전이 가장 어둡다

서도 강조하고 있는 것처럼요. 자기연민에 빠져 있지 말고 할 일을 하라고 다그치고 있습니다. 단단한 정신만이 계속해서 일을 해 나가게 하는 원동력이라고 말하고 있는 겁니다.

> "넌 비극적인 캐릭터가 아냐. 나도 아니지. 우린 다 작가들이고 우리가 해야 할 일은 쓰는 거라고. 네게는 엄격한 태도가 필요했는데, 오히려 지구의 모든 사람 중에 네 일에 질투하는 누군가와 결혼하여 너를 망쳤어."
>
> 《어니스트 헤밍웨이: 엄선된 편지들》

또 하나, 헤밍웨이는 피츠제럴드가 젤다와 결혼한 것이 잘못이라고 생각했습니다. 젤다는 본인도 글 쓰는 능력이 있던 만큼 피츠제럴드를 질투했습니다. 그래서 그가 글을 쓰지 못하도록 방해했죠. 피츠제럴드가 글을 쓰려 하면 젤다는 멋지게 꾸미고 파티에 나가 다른 남자들과 어울렸습니다. 마음이 약한 피츠제럴드는 젤다와 함께 또 술을 마시고, 다음날이면 숙취 때문에 글을 쓰지 못했습니다. 헤밍웨이가 아무리 조언해도 이 상황이 계속되었습니다. 젤다에 집착하는 바람에 스스로의 특별함을 잃은 사람이 피츠제럴드였습니다.

자신의 상황이 힘들다고 생각하는 사람이 많을 겁니다. 그럴 때면 정신을 바짝 차리고 한번 되물어 봅시다. '내가 진짜 그렇게까지 힘든가?', '내가 살아오며 주변을 통틀어 지금이 인생에서 가장 최악인가?' 그러면 대부분 그렇게까지는 아니라는 답변을 얻게 될 겁니다. 우리는 모두 자기연민에서 빠져나와야 합니다.

넘치는 생각은 때론 독이 된다

"넌 생각에서 벗어났고, 그건 완전 경이로워. 넌 좋은 내면을 갖췄으니 다른 사람들처럼 정신이 산산조각 나는 일이 없지. 이제 더 이상 일할 수 없게 된 지금, 해왔던 일에 아무 신경도 쓰지 않는 태도를 취하고 있고 말야."

《킬리만자로의 눈》

헤밍웨이는 작가에게 그리고 사람에게 가장 중요한 것은 단단한 내면을 갖추는 것이란 걸 알았습니다. 좋은 내면에 가장 방해가 되는 건 뭘까요?

매일 우리가 하는 쓸데없는 생각을 평생 모으면 몇 년 어치가 될 겁니다. 너무 많은 생각은 오히려 없던 문제도 만들어 냅니다. 그런데 생각이라는 것은 계속 되감기되어 재생되고 또 재생됩니다. '생각할수록' 짜증나고, '생각할수록' 겁나고, '생각할수록' 심해집니다. 하지만 생각은 아무것도 변화시키지 못하고 시간만 낭비할 뿐이죠. 생각을 멈추고 행동을 해야 합니다. 이는 단순한 '움직임(movement)'이 아니라 '행동(action)'입니다.

무기력에 빠지는 가장 첫 번째 원인은 바로 생각의 고리를 끊어 내지 못하기 때문입니다. 우리의 정신은 어떤 자극이 오면 그에 대한 생각을 실행시킵니다. 마치 버튼을 누르면 실행되는 것과 같죠. 자극이 오면 생각 버튼이 눌러지고, 그에 따른 감정이 생깁니다. 그리고 행동까지 연결되는 겁니다.

이것이 도돌이표처럼 계속되는 이유는 뇌가 본래 익숙한 것을 생존에 유리하다고 판단하기 때문입니다. 불행하든 아니든 지금 일단 살아 있고, 이렇게 살아남게 된 것은 뇌가 생각하기에 검증이 된 연산 방식입니다. 이유는 단 하나, 죽지 않았다는 데 있습니다. 뇌로서는 새로운 생각을 하는 게 생존에 도움이 되는지 의문을 품을 수밖에 없습니다.

생각을 계속하다 보면 자연히 한도를 넘게 됩니다. 실패자가 아닌데도 생각이 부풀려집니다. 기분이 좋다가도 생각할수록 모든 게 아무 의미도 없어 보이기도 하죠. 그렇기에 가장 중요한 건 생각을 방치하면 안 된다는 것입니다. 생각이 일어나는 핵심 이유가 무엇인지 알고, 그 핵심 이유가 나도 모르게 떠오를 때는 생각 버튼을 바꿔 버려야 하는 겁니다.

《킬리만자로의 눈》 속 해리는 더 이상 글을 쓰게 되지 못하게 되었습니다. 쓸 것들은 차고 넘치고, 언젠가 부자들의 이야기를 쓰겠다고 맘은 먹지만 쓰지 않습니다. 안일한 생활을 하다가 글을 쓰려는 간절함이 사라진 탓이었죠. 하지만 해리는 신경 쓰지 않습니다.

해리와 우리의 상황은 다르지만, 중요한 것은 이런 상태가 평생 가는 게 아니라 '지금 잠시 그런 것'이라고 생각해야 한다는 점입니다. 예를 들어, 부정적인 생각에 휩싸이거나 할 수 없을 것 같을 때 '정말 할 수 없나?'라고 되물어야 합니다. '나중엔 할 수 있지 않을까?'라고도 생각해 봐야 하는 거죠.

만약에 도저히 안 될 것 같다면 느끼지 말고 반응하지 마세요. 같이 묶인 감정만이라도 떼어 내면 훨씬 낫습니다. 생각이 떠오르더라도 우선은 무감각으로 만들어 버리세요. 그럼 자연스럽게 스쳐 지나갈 겁니다.

"하지만 스콧, 좋은 작가란 언제나 돌아오는 법이야. 네가 가장 훌륭했다고 생각하던 그때보다 넌 지금 두 배로 멋져. 내가 개츠비를 별로 대단하지 않게 생각했던 거 알잖아. 넌 네

가 그간 해냈던 것보다 두 배로 더 잘 쓸 수 있어. 네가 해야
할 일은 작품의 운명은 신경 쓰지 말고 진실되게 쓰는 거야.
계속 쓰도록 해."

《어니스트 헤밍웨이: 엄선된 편지들》

친구를 다독이는 마음이 찡합니다. 《위대한 개츠비》보다 두
배로 더 잘 쓸 수 있으니 제발 글을 쓰라고 이야기하고 있죠. 피
츠제럴드는 작은 유혹에도 흔들렸고 예민했습니다. 스스로의
루틴을 만든 적도 없고 지킨 적도 없었죠. 젤다를 따라, 또는 자
기연민에 빠져 술만 마셨습니다.

헤밍웨이가 작가 생활에서 가장 중요하다고 생각한 것은 '규
율'이었습니다. 스스로에게 규칙을 부과하고 그에 따라 정해진
생활을 해 나갈 수 있도록 매일매일 채찍질 하는 것이 중요하다
는 것은 누구나 알 겁니다. 헤밍웨이는 친구를 만나거나 전화를
받는 것 모두 글 쓰는 시간을 낭비한다고 믿었고 용서받을 수
없는 죄책감을 느낀다고 말했습니다.

스스로를 진실하게 마주하고 넘치는 생각과 자기연민을 버리
는 것은 쉽지만은 않습니다. 우선 자신에게 규율을 정해 보세
요. 과도하게 생각하거나 자기를 연민할 틈이 생기지 않을 규
칙을 만드는 겁니다. 헤밍웨이의 규칙은 하루에 쓰는 단어 수

를 정해 놓고 매일 쓰는 것이었습니다. 자신만의 방법을 찾아봅시다. 자신을 하루하루 단련하다 보면 얇은 철사를 꼬아 두꺼운 철근이 되듯이 강인한 내면으로 자라날 겁니다.

가장 중요한 건
오늘도 내일도 몰입하는 것이다

일을 운 좋게 잘 해냈다는 걸 알면서 긴 계단을 내려가는 건
정말 멋진 일이었습니다.

It was wonderful to walk down the long flights of stairs knowing
that I'd had good luck working.

《파리는 날마다 축제》

헤밍웨이는 파리의 특파원 시절에 지금껏 없던 혁신적인 문
체를 만들겠다고 다짐합니다. 그가 살던 곳은 파리 뤽상부르 공
원 근처의 카디날 르무안 거리였는데, 여기서 점심 때마다 뤽상
부르에 산책을 갔습니다. 당시 뤽상부르 궁전은 현대미술관으
로 활용되고 있었고, 헤밍웨이는 여기서 폴 세잔의 그림을 만납
니다.

세잔은 피카소가 미술의 아버지라고 부를 정도로 새로운 회

화 기법을 만들어 낸 장본인입니다. 대표작인 사과 정물화 등에서 전통적인 회화기법인 원근법을 파괴하고 자기만의 새로운 시점을 구축해 냅니다. 헤밍웨이는 훗날 세잔의 그림에서 영감을 받아 자신만의 문체를 구축했다고 말했지만, 정확히 어떤 영감을 받았는지는 밝힌 적이 없습니다. 하지만 그의 문체를 자세히 들여다보면 복잡한 시점이 얽혀 있는 것을 알 수 있습니다.

"뤽상부르 박물관에 가면 작품들이 더 명확하고, 더 강렬하고, 더 아름다워 보였다. 배가 비어 속이 텅 빈 듯한 배고픔을 느낄 때면 더욱 그랬다. 나는 배고플 때야 세잔을 더 깊이 이해할 수 있었고, 그가 어떻게 그림을 그렸는지 볼 수 있었다. 그가 그림을 그릴 때도 배가 고팠을까 궁금했지만, 아마도 그저 식사하는 걸 까먹었을 가능성이 크다고 생각했다. 그건 마치 수면 부족이거나 배가 고파야만 할 수 있는, 말이 안 되지만 동시에 눈부신 생각들 중 하나였다."

《파리는 날마다 축제》

헤밍웨이가 여기서 배고프다는 단어를 쓴 것은 음식을 못 먹어서 배고픈 것도 있겠지만, 자신의 성장에 대한 결핍도 중의적으로 표현한 것입니다. 이 시절의 헤밍웨이에게는 아무도 자신의 글을 알아주지 않았기에 당연히 글을 잘 쓰고 싶은 배고픔, 즉 훌륭한 작가가 되고 싶은 결핍이 있었습니다. 그는 당시 세 잔처럼 훌륭한 혁신을 가져오는 작품을 만들고 싶었기 때문에 그런 결핍으로 세잔을 더 잘 이해할 수 있었던 것입니다.

헤밍웨이는 뤽상부르에서 세잔의 그림을 보며 그도 과연 자신처럼 결핍을 가지고 바득바득 애쓰며 풍경화를 그렸을까 생각해 본 것입니다. 그리고 결론에 도달하죠. 세잔은 아마 결핍을 하나하나 떠올리기도 전에 너무 집중해 몰입해 미친 듯이 그렸을 거라고요. 끼니를 까먹을 정도로 말이죠.

셰익스피어가 "난 문학사에 영원히 남을 4대 비극을 써 낼 거야!"라는 거대한 목표를 가졌을까요? 또, "난 무조건 500년이 넘어도 세계 문학사에서 가장 뛰어난 작가가 될 거야!"라고 작심했을까요? 당연히 그렇지 않았을 가능성이 높습니다. 써 놓고 보니 후세 사람들이 세계 최고의 작가이며 4대 비극이라고 추앙하는 것이지요.

셰익스피어는 스스로 기록을 남긴 적이 없기 때문에 우리가 그를 알 수 있는 방법은 작품들뿐입니다. 그가 활동하던 16세기에는 당연히 저작권 개념이 없었기 때문에 그가 쓴 글들은 극단에서 소비하고 자취를 감추기를 반복했습니다. 셰익스피어가 사망하던 당시 그의 기록은 거의 없는 것에 가까웠어요. 셰익스피어의 연극들은 모두 완판될 정도로 신드롬에 가까웠지만, 그렇다고 해서 그가 사망할 때 장례식을 요란하게 치른 것도 아닙니다. 사망 즈음엔 은퇴한 지도 꽤 시간이 흐른 뒤였기에 이미 잊히고 있었던 것입니다.

하지만 같은 극단의 주주이자 친구였던 헨리 콘델과 존 헤밍이 셰익스피어의 사망 7년 후에 그의 작품을 주섬주섬 모아서 《퍼스트 폴리오》를 펴냈기 때문에 우리는 지금 이 보석 같은 희극들을 접할 수가 있는 겁니다. 이 책은 셰익스피어의 희곡 36편을 담아 1623년 출간한 2절판 크기의 책입니다.

셰익스피어가 500년 뒤에도 자신의 발자취를 남기겠다는 거대한 욕망과 목표가 있는 사람이었다면 자신의 기록을 스스로 자랑스레 남겼을 겁니다. 하지만 그는 그렇게 하지 않았습니다. 그럼에도 《퍼스트 폴리오》는 지금까지도 살아남아 셰익스피어보다 더 잘 쓰는 사람은 없다는 걸 모든 세대에게 일깨워 주고 있습니다. 전 세계 최고의 작가라 일컬어지는 어떤 사람도 셰익스피어의 실력에 의심을 품는 사람은 없습니다. 단 한 명도요. 셰익스피어는 몇 백 년 넘는 세월 동안 단 한 번도 반박 없이 최고의 작가로 인정받고 있는 겁니다.

헤밍웨이는 일생을 거쳐 자신의 글 실력이 점점 더 나아지면서 세상의 인정 뿐 아니라 스스로도 자신을 작가로서 인정하고 자긍심을 가지게 됩니다. 그가 했던 인터뷰 중에는 '이젠 그 망할 도스토예프스키를 따라잡았나 싶었더니, 셰익스피어가 그 앞에 꿋꿋이 버티고 서 있다'라는 말도 있습니다. 그만큼 셰익스피어는 후대의 작가들에게 넘지 못할 큰 산입니다.

헤밍웨이마저도 이토록 셰익스피어의 작품을 높게 평가한 이유는 물 흐르듯 자연스럽게 터져 나오는 표현들이 인간 심리를 꿰뚫는 데 있습니다. 그의 희곡을 본 사람들은 감정의 해방을 느꼈습니다. 작품 하나하나가 힘이 한껏 들어갔다기보다는 펜이 저절로 달려 나간 모습이라 느낄 정도입니다.

또한 셰익스피어의 작업량은 연구자들도 놀랄 정도로 많은 편입니다. 평균적으로 일 년에 두 편 정도의 희곡을 완성했습니다. 희극과 비극을 동시에 쓸 때도 많았습니다. 치밀하게 계산해서 썼다기보다는 그냥 미친 듯이 펜을 움직여 쓴 것에 가까워 보입니다.

그 시절 지식인들은 라틴어를 썼습니다. 있는 척하기 위해서는 라틴어를 써야 했지요. 하지만 셰익스피어는 자기 자신에게 거짓말하지 않았습니다. 없는 것을 억지로 만들어 내지 않고 스스로를 있는 대로 내보였습니다.

고향에서 런던으로 올라와 고군분투하며 도시 출신이 아닌 것도 숨기지 않았고, 글 또한 있는 척하지 않았습니다. 당시 서민들의 언어였던 영어로 글을 썼습니다. 그러면서도 21세기까지도 통용되는 눈부신 자신만의 신조어를 만들어 내기까지 했지요. 셰익스피어는 어떤 결핍이나 거대한 목표 또는 대단한 무엇을 바란 것이 아니라 그냥 그 순간순간에 열심히 몰입했다고 생각합니다.

살다 보면 '무조건 해내야 해', '반드시 되어야 해'와 같은 조바심이나 간절함이 오히려 일을 그르칠 때가 있습니다. 긴 안목으로 목표를 유지하되 하나하나 행동으로 옮길 때에는 생각을 삭제하고 집중하고 몰입하는 것이 완성하거나 성공하는 데 도움이 됩니다. 결핍이 자신을 잡아먹게 버려 두지 말아야 합니다. 다 잊고 일에 집중해야 합니다.

몰입의 힘은 대단합니다. 몰입해 달리다 보면 보이지 않던 것이 보이기도 합니다. 내가 지금 몰입하고 있는 분야에서 성과가 나지 않더라도, 내가 열고자 하는 문이 끝내 열리지 않더라도 적어도 다른 문은 열리거든요. 또한 몰입하는 순간에는 결핍을 따질 겨를도 없습니다. 톨스토이가 말했듯 자신이 생각할 때 너무 중요한 일을 하고 있다 여겨질 때는 쓸데없는 일에 마을 쓸 겨를이 없기 때문입니다.

세상이 바라는 건 잘 끝내는 사람이다

자신은 끝내지도 못하면서 남이 하는 일에 이러쿵저러쿵 훈수만 두는 사람이 많습니다. 완벽을 추구하느라 일을 끝내기는커녕 시작도 못하는 사람도 많죠. 인생이라는 게임이 펼쳐지는 경기장은 무척 냉혹합니다. 인생은 경기장에서 땀 흘리며 직접 뛰는 사람들의 것이지, 관중석에서 야유하는 사람들의 것이 아닙니다.

일단 잘하든 못하든, 완벽하든 아니든 '하는 것'이 중요합니다. 그리고 시작한 후에는 완벽을 위해 다그치기보다는 자신만의 속도로 여유를 찾는 것이 중요합니다. 그래야 오래도록 지치지 않고 일할 수 있거든요.

> "일을 운 좋게 잘 해냈다는 걸 알면서 긴 계단을 내려가는 건 정말 멋진 일이었습니다. 나는 항상 어느 정도 끝낼 때까지 일했고, 다음에 소설 속에서 무슨 일이 일어날지 알면 항상 멈췄습니다. 그렇게 하면 다음 날에도 계속할 수 있을 거라고 확신할 수 있었어요."
>
> 《파리는 날마다 축제》

장기 프로젝트라면 매일매일 일을 언제 끝낼지 아는 것이 중요합니다. 무조건 야근하며 힘들게 일하는 것만이 최선은 아닙니다. 헤밍웨이는 매일의 분량을 직감적으로 알았습니다. 물론 매일의 규칙을 정해 일했기 때문에 '아, 오늘은 여기까지 일해야겠구나' 하고 느낄 수 있었던 겁니다.

헤밍웨이에게 중요한 건 내일을 이어갈 힘이었습니다. 오늘 진을 다 빼 버리는 것은 헤밍웨이가 보기에는 바보 같은 행동이었습니다. 소설을 쓰며 주인공들이 다음엔 어떤 사건을 맞이할지 머릿속에 그려지면 펜을 놓았습니다.

가끔 유명한 작가들의 후기를 보면 충격적일 때가 있습니다. 그들 중 많은 이가 하루에 네다섯 시간만 일한다는 사실 때문입니다. 무라카미 하루키도 아침 5시에 일어나 책을 쓰고, 나머지 시간은 달리기와 수영, 재즈 듣기 등으로 채웠습니다. 할리우드에서 영화화된 수많은 베스트셀러를 써낸 작가 스티븐 킹도 하루에 네 시간 정도만을 일한다고 밝혔지요. 매일매일 감을 잃지 않고 다시 책상으로 돌아오는 것이 중요하지, 완벽하게 몰아서 한 번에 끝내는 것이 중요하지 않다는 것입니다.

일을 잘 끝내려면 오히려 숨 쉴 틈을 주어야 합니다. 오늘 떠오른 영감을 다 짜내어 써 버리며 내일의 영감이 말라비틀어지도록 하면 안 됩니다. 체력 역시 마찬가지 입니다. 오늘 50퍼센트 또는 70퍼센트만 쓰고 완전히 방전하지 않아도 괜찮습니다. 아니, 그렇게 해야 합니다.

사실 우리나라는 쉼에 매우 야박합니다. 학교를 다니다가 또는 회사를 다니다가 한동안 쉬겠다고 하면 대뜸 걱정부터 합니다. 누군가는 "계획은 있니?" 하고 물어봅니다. 우리는 이런 인식에 경각심을 가져야 합니다.

쉬는 데 왜 계획이 필요한가요? 일하는 것이 정상이고 쉬는 것이 비정상이라고 하는 암묵적인 사회 인식을 바꾸는 것이 중요합니다. 이런 인식은 쉬는 게 미완성으로 끝내는 것이라고 잘못 인식한 데서 옵니다. 하지만 이는 하다가 마는 것이 아니라, 오히려 잘 끝내기 위해서 중간에 쉬는 것입니다.

무슨 일을 하든 틈틈이 뇌가 한숨 돌릴 틈을 주는 것이 상당히 중요합니다. 다른 유명 작가들의 이야기처럼 네다섯 시간 정도 집중하고 아예 그 일의 스위치를 끄고 다른 것으로 주의를 돌리는 게 큰 도움이 됩니다. 좋아하는 가수의 음악을 듣거나, 쇼핑을 하거나, 샤워를 할 수도 있습니다. 중요한 것은 '내가 뭘 하고 있었지?' 하고 떠올리려고 해도 당장 떠오르지 않을 정도로 뇌를 쉬게 하는 것입니다.

이렇게 딴 생각을 하고 나면 새로운 시각으로 일을 바라볼 수 있습니다. 그리고 어려웠던 일도 가장 쉬운 일처럼 바라볼 수 있는 여유가 생깁니다. 쉼은 리셋 버튼입니다. 완벽에 집착하지 말고 순간순간 몰입해 일하면서 때때로 완전히 쉬어 주면, 하고자 하는 일이 매끄럽게 마무리될 것입니다.

《파리는 날마다 축제》

"지적인 사람이 행복하다는 건, 제가 아는 것들 중에 제일 드문 거예요."

Happiness in intelligent people is the rarest thing I know.

**만약 당신이 젊은 시절 파리에서 살아볼 만큼 행운이 가득하다면, 남은
인생 내내 파리는 날마다 축제처럼 당신과 함께할 것이다.**

If you are lucky enough to have lived in Paris as a young man then wherever
you go for the rest of your life it stays with you, for Paris is a moveable
feast.

그의 재능은 나비 날개에 묻은 먼지로 만든 무늬만큼이나 자연스러웠
다. 한때 그는 나비가 이해하지 못하듯 그 현상을 이해하지 못했고, 어
느 사이에 무늬가 없어지고 손상된 것인지 알지 못했다. 나중에 그는 다

친 날개와 구조를 의식하게 되었고 생각하는 법을 배웠지만, 더 이상 날수 없었다. 나는 것에 대한 애정이 사라졌고 저절로 날던 때를 기억만할 수 있게 되었기 때문이다.

His talent was as natural as the pattern that was made by the dust on a butterfly's wings. At one time he understood it no more that the butterfly did and hi did not know when it was brushed or marred. Later he became conscious of his damaged wings and of their construction and he learned to think and could not fly any more because the love of flight was gone and he could only remember when it had been effortless.

뤽상부르 박물관에 가면 작품들이 더 명확하고, 더 강렬하고, 더 아름다워 보였다. 배가 비어 속이 텅 빈 듯한 배고픔을 느낄 때면 더욱 그랬다. 나는 배고플 때야 세잔을 더 깊이 이해할 수 있었고, 그가 어떻게 그림을 그렸는지 볼 수 있었다. 그가 그림을 그릴 때도 배가 고팠을까 궁금했지만, 아마도 그저 식사하는 걸 까먹었을 가능성이 크다고 생각했다. 그건 마치 수면 부족이거나 배가 고파야만 할 수 있는, 말이 안 되지만 동시에 눈부신 생각들 중 하나였다.

There you could always go into the Luxembourg museum and all the paintings were heightened and clearer and more beautiful if you were belly-empty, hollow-hungry. I learned to understand Cezanne much better and to see truly how he made landscapes when I was hungry. I used to wonder if he were hungry too when he painted; but I thought it was possibly only that he had forgotten to eat. It was one of those unsound but illuminating thoughts you have when you have been sleepless or hungry.

"일을 운 좋게 잘 해냈다는 걸 알면서 긴 계단을 내려가는 건 정말 멋진 일이었습니다. 나는 항상 어느 정도 끝낼 때까지 일했고, 다음에 소설 속에서 무슨 일이 일어날지 알면 항상 멈췄습니다. 그렇게 하면 다음 날에도 계속할 수 있을 거라고 확신할 수 있었어요."

It was wonderful to walk down the long flights of stairs knowing that I'd had good luck working. I always worked until I had something done and I always stopped when I knew what was going to happen next that way I could be sure of going on the next day.

《킬리만자로의 눈》

"넌 생각에서 벗어났고, 그건 완전 경이로워. 넌 좋은 내면을 갖췄으니 다른 사람들처럼 정신이 산산조각 나는 일이 없지. 이제 더 이상 일할 수 없게 된 지금, 해왔던 일에 아무 신경도 쓰지 않는 태도를 취하고 있고 말야."

You kept from thinking, and it was all marvelous. You were equipped with good insides so that you did not go to pieces that way, the way most of them had, and you made an attitude that you cared nothing for the work you used to do, now that you could no longer do it.

《어니스트 헤밍웨이: 엄선된 편지들》

발명은 가장 멋진 거지만 실제로 일어나지도 않은 걸 발명할 수는 없어. 발명이란 우리가 최선을 다할 때 해야만 하는 거야. 다시 잘 만들어 봐. 나중에 마치 그대로 일어날 법하게 진실하게 만들어 보라고. (중략) 누구보다 글을 잘 쓸 수 있는 너는 미친 재능으로 잘 써야만 해. 스콧, 제발 써. 진실되게 쓰라고. 누군가를 또는 무언가를 상처 주더라도 바보 같은 타협은 하지 마.

Invention is the finest thing, but you cannot invent anything that would not actually happen. That is what we are supposed to do when we are at our best- make it all up- but make it up so truly that later it will happen that way. (...) You who can write better than anybody can, who are so lousy with talent that you have to- the hell with it. Scott for gods sake write and write truly no matter who or what it hurts but do not make these silly compromises.

개인적인 비극은 잊어버려. 우리 모두는 태어날 때부터 고통받고 있고, 진지하게 글을 쓰기 전에는 특히 최악으로 상처받아야 하는 거야. 심하게 상처받았을 때 피하지 말고 그걸 이용해야 하지. 과학자같이 그 경험을 충실하게 쓰되, 그게 아주 중요하다고는 생각하지 마. 왜냐하면 그건 너한테든 또는 지인 누구에게든 일어나는 일이니까.

Forget your personal tragedy. We are all bitched from the start, and you especially have to be hurt like hell before you can write seriously. But when you get the damned hurt, use it don't cheat with it. Be as faithful to it as a scientist-but don't think anything is of any importance because it happens to you or anyone belonging to you.

넌 비극적인 캐릭터가 아냐. 나도 아니지. 우린 다 작가들이고 우리가 해야 할 일은 쓰는 거라고. 네게는 엄격한 태도가 필요했는데, 오히려 지구의 모든 사람 중에 네 일에 질투하는 누군가와 결혼하여 너를 망쳤어.

You're not a tragic character. Neither am I. All we are is writers and what we should do is write. Of all people on earth, you needed discipline in your work and instead you marry someone who is jealous of your work, wants to complete with you and ruins you.

하지만 스콧, 좋은 작가란 언제나 돌아오는 법이야. 네가 가장 훌륭했다고 생각하던 그때보다 넌 지금 두 배로 멋져. 내가 개츠비를 별로 대단하지 않게 생각했던 거 알잖아. 넌 네가 그간 해냈던 것보다 두 배로 더 잘 쓸 수 있어. 네가 해야 할 일은 작품의 운명은 신경 쓰지 말고 진실되게 쓰는 거야. 계속 쓰도록 해.

But Scott, good writers always come back. Always you are twice as good now as you were at the time you think you were so marvelous. You know I never thought so much of Gatsby at the time. You can write twice as well now as you ever could. All you need to do is write truly and not care about what the fate of it is. Go on and write.

모든 진짜 이야기는
끝나지 않는다

길고 어두운 터널의 끝에는 반드시 밝은 출구가 나오게 마련입니다. 우리 옛말에도 '고생 끝에 낙이 온다'라는 말이 있지 않나요? 이런 진리는 어느 한곳에만 존재하지 않습니다. 헤밍웨이 역시 인생의 이런 진리를 제대로 알고 있던 사람 가운데 한 명이었습니다.

차가운 비가 계속 내리면서 봄을 죽여 버렸다.
그 시절, 봄이 영영 안 올 듯 했고 두려웠었다.
하지만 봄은 결국 왔다.

《파리는 날마다 축제》

인생을 살다 보면 작은 부담감부터 인생을 그만두고 싶을 만큼 세게 짓누르는 압박까지 수많은 일이 가득합니다. 왜 나에게만 이런 일이 생길까 원망스러울 때도 있게 마련이죠. 나빴던 운, 사회적 상황, 주변의 상황 들로 영향을 받습니다.

그러나 인생에 어느 압박도 없는 사람은 존재하지 않습니다. 가장 중요한 것은 짓누르는 부담을 이겨 내는 일입니다. 사람은 압박에 취약합니다. 짓눌리다가 엉뚱한 실수를 하기도 합니다. 심적인 부담을 못 이기고 최악의 수를 두기도 합니다.

사람들은 이럴 때 대개 '나만' 인생이 안 풀린다고 생각합니다. 하지만 과연 진짜로 그런가요?

2024년 파리 올림픽에서 테니스 금메달을 획득한 노박 조코비치는 은퇴할 나이인 30대 후반에 트리플 커리어 그랜드 슬램을 달성했습니다. 이 기록은 호주 오픈, 프랑스 오픈, 윔블던, US오픈 등 네 개 대회에서 우승하는 그랜드 슬램을 세 번 이상 기록하는 것으로, 남자 단식 선수로는 최초의 기록입니다. 여기에 올림픽 금메달까지 획득한 것이죠.

테니스 역사상 그를 따라잡을 사람은 아직 아무도 없습니다. 그러나 선수생활 내내 미디어의 압박, 체력의 압박, 젊은 경쟁자와의 압박, 관객의 야유 압박 등 수많은 압박을 견뎌야만 했습니다.

이 때문에 "압박은 특권이다"라는 멋진 말을 남기기도 했죠. 지금의 상황이 압박처럼 여겨진다면 그 상황을 만들어 낸 것조차도 뛰어나기에 만들어진 특권이라는 말입니다. 그의 말처럼, 압박을 즐겼기에 지금의 조코비치가 될 수 있었습니다.

사람을 계속해서 앞으로 나아가게 하는 원동력은 다른 무엇도 아닌 압박을 견디는 힘입니다. 압박을 견디려면 자신의 목표 이외에 다른 모든 것은 하나도 중요하지 않아야 합니다. 주변의 평판, 본인에 대한 의심, 그 외 다른 것들까지 신경 쓰고 있으려니 무거운 압박으로 다가오는 것입니다.

여러 공을 저글링하면서 모든 공을 한꺼번에 잡을 수는 없습니다. 내려놓을 것은 내려놓고 포기할 것은 포기해야 합니다. 그것이 압박을 견디는 방법입니다.

헤밍웨이가 작품으로 밝히거나 개인적인 서신에서 밝힌 문구 중에는 지금까지도 많은 사람의 입에 오르내리는 명언이 많습니다. 그 중 단연코 압도적인 어록은 바로 '용기'에 대한 헤밍웨이의 정의일 것입니다. 부담과 압박 속에서도 우아함을 잃지 않는 것이 헤밍웨이에겐 용기였습니다.

"용기란 압박 속에서 우아함을 지키는 것이다."

《더 뉴요커(The New Yorker)》

이 말은 헤밍웨이가 1926년 피츠제럴드에게 쓴 편지에서 처음 언급한 이후, 1929년 미국의 극작가인 도로시 파커가 《더 뉴요커》지에 헤밍웨이에 대해 쓴 기고글에 등장하며 지금까지 백여 년간 수도 없이 회자되어 왔습니다. 그만큼 모든 세대를 아울러 공감을 얻는 말입니다.

파커가 헤밍웨이에 대한 글을 실을 당시는 《무기여 잘 있거라》를 출간한 직후이자 미국 문학계에 모더니스트로서 깃발을 펄럭이며 세대 교체를 이루어 내던 때였습니다. 세계적인 베스트셀러 작가가 되며 헤밍웨이를 향한 대중의 관심은 최고조에 달하고 있었지요. 파커는 이때 이미 헤밍웨이의 어록이 하나의 전통으로 남을 것을 예언했고, 우리는 지금 그의 말 그대로 이루어진 현실을 살고 있습니다.

헤밍웨이와 파커는 오랜 기간 우정을 유지했지만, 파커가 본 헤밍웨이는 지옥처럼 일하고 고군분투하는 모습뿐이었다고 전합니다. 헤밍웨이 역시 아무것도 쉽게 얻은 것은 없다는 걸 지인이었던 파커는 알고 있었습니다. 다른 작가들은 일하기 좋은 곳을 찾아 여기저기 헤매었지만, 헤밍웨이에게 일하기 좋은 곳은 오직 머릿속이었습니다. 그만큼 어디에서건 일했던 것입니다.

파커는 기고글에서 헤밍웨이가 맞닥뜨렸던 압박, 고통, 건강 악화, 빈곤, 본인이 쓴 글이 좋은지 나쁜지 알 수 없어 계속 반복되는 우울증 등을 두고 '예술가의 보상'이라 에둘러 표현했습니다.

헤밍웨이가 위대한 점은 이 압박에 타협한 적이 없었다는 것입니다. 더 쉬운 길로 돌아가는 타협을 하지 않았기 때문에 이를 진정한 용기라 표현할 수 있는 것입니다.

물론 헤밍웨이가 직설적으로 용기라는 말을 한 적은 없지만, 대신 '본능적 느낌, 배짱(gut)'이라는 완곡한 표현을 자주 썼습니다. 누군가 헤밍웨이에게 이 'gut'에 대해 물었을 때 그 질문에 대한 답으로써 '용기란 압박 속에서 우아함을 견디는 것'이라는 멋진 문장이 등장하게 된 것입니다.

압박은 세상 모든 예술가, 나아가서 살아가는 모든 이에게 주어지지만 그 압박을 우아하게 견디는 용기를 지니는 것은 쉽지 않습니다. 다만 헤밍웨이는 이 모든 것을 감내하고, 견디고, 끝내 이겨 낸 사람 가운데 하나입니다. 헤밍웨이를 만나고 읽으면서 '나만' 힘들고 압박을 견디는 게 아니라는 것을 깨닫고, 그 사실에 위로를 받아 다시 나아갈 힘을 얻게 되었습니다.

지금 차갑고 세찬 비를 맞고 있는 사람들이 있습니다. 아무도 없는 벌판에 혼자 서서 비를 맞으며 두려워하는 사람도 있을 겁니다. 하지만 봄이 영영 오지 않을 듯 겨울이 기승을 부려도 결국 봄은 옵니다. 거센 폭풍 같은 압박 속에서 헤밍웨이의 글이 작은 우산이 되어 줄 거라 믿습니다.

우리의 이야기는 아직 끝나지 않았습니다. 여러분의 봄이 곧 찾아오길 바랍니다.

참고문헌

· Carlos Baker. Ernest Hemingway a life story. 1969. Scribner's.

· Carlos Baker. Ernest Hemingway Selected letters 1917-1961. 1981. Scribner's.

· Ernest Hemingway. Across the river and into the trees. 1996. Scribner's.

· Ernest Hemingway. A farewell to arms. 2014. Scribner's.

· Ernest Hemingway. A moveable feast. 2010. Scribner's.

· Ernest Hemingway. Death in the afternoon. 1996. Scribner's.

· Ernest Hemingway. For whom the bell tolls. 1995. Scribner's.

· Ernest Hemingway. The complete short stories of Ernest Hemingway. 1998. Scribner's.

· Ernest Hemingway. The garden of Eden. 1995. Scribner's.

· Ernest Hemingway. To have and have not. 1996. Scribner's.

· Ernest Hemingway. The old man and the sea. 1995. Scribner's.

· Ernest Hemingway. The snows of Kilimanjaro and other stories. 2008. Simon & Schuster
Audio.

· Ernest Hemingway. The sun also rises. 2016. Scribner's.

고난을 깨달음으로 바꾸는 헤밍웨이 인생 수업

새벽이 오기 전이 가장 어둡다

© 박소영 2025

인쇄일 2025년 3월 24일
발행일 2025년 3월 31일

지은이 박소영
펴낸이 유경민 노종한
책임편집 김세민
기획편집 유노책주 김세민 이지윤 **유노북스** 이현정 조혜진 권혜지 정현석 **유노라이프** 구혜진
기획마케팅 1팀 우현권 이상운 **2팀** 이선영 최예은 전예원 김민선
디자인 남다희 홍진기 허정수
기획관리 차은영
펴낸곳 유노콘텐츠그룹 주식회사
법인등록번호 110111-8138128
주소 서울시 마포구 월드컵로20길 5, 4층
전화 02-323-7763 **팩스** 02-323-7764 **이메일** info@uknowbooks.com

ISBN 979-11-7183-096-1 (03840)

• — 책값은 책 뒤표지에 있습니다.
• — 잘못된 책은 구입한 곳에서 환불 또는 교환하실 수 있습니다.
• — 유노북스, 유노라이프, 유노책주는 유노콘텐츠그룹의 출판 브랜드입니다.